Der 1. Mann

Nika Lubitsch

c/o UvR GmbH
Lindenthaler Allee 36
D-14163 Berlin
Tel. 030 770 59 774
uvr@bln.de

Lektorat, Korrektorat & Satz: Corinna Rindlisbacher, ebokks.de
Umschlaggestaltung: Herbert Grambihler © 2015
Foto: Franz Pfluges, fotalia.de

Prolog

Heute beginnt der Prozess. Mein Urteil wurde allerdings schon vor zwei Jahren, sieben Monaten und acht Tagen gesprochen. Ich kannte es, bevor es ausgesprochen wurde.

Es war ein verregneter, eiskalter Sonntag im Mai und wie jeden Sonntag lag ich Punkt acht Uhr fünfzehn hingelümmelt auf meinem Sofa und freute mich auf den neuen Tatort. Ich hatte mich gerade gemütlich in die kuschelige Decke mit dem Leopardenmuster gewickelt, als ich einen Stich in meiner linken Brust spürte. Ganz automatisch griff ich mir an den Busen und da, genau in diesem Moment, wusste ich es. Etwas in meiner linken Brust war total verhärtet. Ich bekam kaum etwas mit von den Ermittlungen von Thiel und Boerne. Immer wieder strich ich mit der Hand über die harte Stelle. Natürlich habe ich auf eine kurzfristige Hormonstörung gehofft. Aber in meinem Kopf formte sich das Wort, das alle zu vermeiden suchen, auch der Mann im weißen Kittel, der „leider eine schlechte Nachricht“ für mich hatte. Sie reden von „etwas“, das Wort Krebs kommt keinem über die Lippen. Denn das Wort ist der Schatten an der Wand, der Klumpen in deinem Magen, der Albtraum deiner schweißgebadeten Nacht, es nagt sich wie eine Ratte in dein Gehirn und nichts ist mehr, wie es war.

Oliver saß in seinem rehbraunen Vintagesessel, ganz bei Thiel und Boerne, knackte geräuschvoll Ferrero Küsschen und bekam nicht mal mit, dass seine Frau soeben dem Ungeheuer in den Rachen geblickt hatte. Vor zwei Jahren, sieben Monaten und acht Tagen glaubte ich noch, dass wir eine glückliche Ehe führten. Jetzt stehe ich vor dem Kriminalgericht Moabit, wo es unter anderem um den Mord an meinem Ehemann Oliver Runge geht.

Vor Gericht

Die Anklage lautet auf dreifachen Mord. Nicht einmal ich hätte mir das zugetraut. Denn ich kann ziemlich unschuldig aus meinen großen, graublauen Augen gucken. Mit diesem Blick habe ich schon als Kind meine Lehrer getäuscht. Egal, welchen Unsinn ich angestellt hatte, bestraft wurden immer die anderen.

Die Sitze im Saal 500 des Berliner Landgerichts sind hart. Hier ist alles dunkel. Die Holzbänke, die Eichentäfelung der Wände und die Stimmung. Durch die Buntglasscheiben dringt kaum Licht. Draußen ist es genauso duster, wie es sich für einen richtigen Januar nun mal gehört – und genauso dreckig. Die Reste des Granulats, das bei dem Schnee zum Jahreswechsel gestreut worden war, sind ebenso wenig entsorgt wie die Reste der Feuerwerkskörper, mit denen die Berliner das neue Jahr begrüßt haben.

Ich habe diesem Jahresanfang entgegengezittert, der Prozess türmt sich vor mir auf wie ein gefährliches Gebirge mit tiefen Schluchten, das ich barfuß überqueren muss. Um endlich all das Unheil, das Schreckliche, was mich die letzten zwei Jahre, sieben Monate und acht Tage belastet hat, hinter mir zu lassen. Natürlich habe ich Angst davor, dieser Prozess wird kein Spaziergang. Es wird ans Eingemachte gehen: Ich weiß, dass ich diese entsetzliche Zeit noch einmal werde durchleben müssen, bevor ich endlich loslassen kann. Ich mache mir keine Sorgen darüber, ob ich in Zukunft nachts von Gewissensbissen geplagt werde. Mit meinem Gewissen bin ich im Reinen, denn ich habe meine eigene Moral, meine eigenen Wertvorstellungen und meine eigene Gerechtigkeit. Dass die sehr wenig mit dem zu tun haben, was hier vom Schwurgericht als Recht gesprochen wird, ist sowieso klar.

Die 40. Große Strafkammer hält Einzug. Drei Berufsrichter in schwarzen Roben, die Vorsitzende ist eine Frau, sicher nicht sehr viel älter als ich. Petra Liesaus heißt sie. Liesaus trägt einen frechen Fransenhaarschnitt und sieht eigentlich ganz harmlos aus. Vorsicht, Lara, du weißt, wie das Aussehen täuschen kann. Ihr zur Seite sitzen ihre beiden Kollegen, rechts ein älterer Mann mit einer randlosen Brille auf einer Nase, die ein wenig an einen Geier erinnert. Ich lese auf dem Schild, das vor ihm steht, den Namen Ballhaus. In Gedanken gebe ich ihm den Namen Geiernase, ich bin ein visuell denkender Mensch. Außerdem gibt es eine weitere Richterin links, die mit ihrem blonden Pferdeschwanz noch jünger aussieht als die Große Vorsitzende, ihr Name ist Fieback. Das Dreiergespann wird rechts und links flankiert von den Schöffen. Das sind Laienrichter, die dafür da sind, das Vertrauen der Bevölkerung in unsere Rechtsprechung zu stärken. Gesunder Menschenverstand gegen juristische Spitzfindigkeiten. Das Urteil ergeht schließlich „im Namen des Volkes“.

Ich betrachte die Schöffin links von der Pferdeschwanz-Frau. Sie ist Mitte fünfzig, würde ich schätzen. Ihrem Gesicht nach zu urteilen sind ihr die Abgründe der menschlichen Seele nicht ganz fremd. Sie hat jedenfalls schon gelebt. Es fällt mir leichter, Menschen zu vertrauen, die bereits ein paar Narben auf der Seele haben.

Außen rechts sitzt ein männlicher Laienrichter, er ist jünger als die Schöffin, ich schätze ihn auf Anfang vierzig. Er sieht intelligent aus mit seiner hohen Stirn, die allerdings sicher auf frühzeitigen Haarverlust zurückzuführen ist. Früher nannte man das Geheimratsecken.

Das also sind die Menschen, die hier das sprechen werden, was nach dem Gesetz Recht genannt wird. Die Vorsitzende Richterin eröffnet das Verfahren, indem sie zunächst die Anwesenheit aller Beteiligten feststellt. Ja, ja, Petra Liesaus, *Alle Vögel sind schon da, alle Vögel, alle*, summe ich stumm vor mich hin. Warum fallen mir ständig so alberne Sachen ein, schließlich ist mir so ganz und gar nicht zum Lachen zumute.

Der Staatsanwalt, Dr. Matthias Renger, verliest den Anklagesatz. Er ist ein mittelalter Mann, dem die scharfen Falten zwischen Nase und Mund ein etwas versteinertes Aussehen geben. In Gedanken nenne ich ihn Old Stoneface.

„Dreifacher, vorsätzlicher Mord aus niederen Beweggründen …“ So lautet die Anklage, die Old Stoneface formuliert hat. Er führt im Einzelnen die Zeiten und Orte auf, an denen die Taten begangen wurden. Ich entsinne mich nur zu gut, Herr Staatsanwalt!

Während er die erfüllten Strafvorschriften vorliest, betrachte ich Rechtsanwalt Dr. Martin Börner. Er sieht besorgt aus. Kein Wunder. Geschäftig schiebt er Papierstapel von rechts nach links und wieder zurück. Eigentlich ist Rechtsanwalt Börner ein lustig aussehender Geselle mit einem kurzen Stoppelschnitt und klugen, listigen Schweinsäuglein hinter einer runden Schildpattbrille. Jetzt zwinkern die Schweinsäuglein nervös, während er abwechselnd mich und den Staatsanwalt anschaut. Er weiß natürlich auch, dass er die Tatvorwürfe nicht wird wegdiskutieren können. Die Beweislast ist erdrückend und für Mord gibt es vor diesem Gericht keine Entschuldigung.

Das Urteil

„Lara Runge, bitte“, schallte es aus dem Lautsprecher in dem türkisweißen Wartezimmer mit den bunten Mondrian-Drucken an der Wand. Ich hatte Marshmallows in den Beinen und meine Hand zitterte verräterisch, als ich die Klinke zu dem Arztzimmer herunterdrückte.

„Mach dich doch nicht verrückt, es wird schon nichts sein. Du bist doch viel zu jung für so was“, hatte Oliver versucht, mich zu beruhigen. Das war zehn Tage vor meinem vierunddreißigsten Geburtstag.

Ich wusste sofort, was sein Gesichtsausdruck zu bedeuten hatte, als der Mann im weißen Kittel mich bat, Platz zu nehmen. Nach dem Ergebnis der Mammografie hatte ich natürlich gehofft, dass das, was sie dort gefunden hatten, gutartig wäre. „Kein Grund zur Panik“, hatte mir mein Gynäkologe jedenfalls versprochen. Und jetzt das: „Leider habe ich heute keine gute Nachricht für Sie.“ Er machte dabei ein Gesicht wie Heidi Klum, wenn sie sagt: „Ich habe heute leider kein Foto für dich.“

Der Arzt hat mir dann wohl erklärt, was genau jetzt auf mich zukam. „Stellen Sie sich darauf ein, dass Sie so schnell wie möglich operiert werden müssen“, beendete er seinen Vortrag.

Brusterhaltende Operation – diese Worte waren es, an die ich mich noch heute ganz genau erinnere. Ansonsten entsinne ich mich hauptsächlich an dieses Rauschen in den

Ohren, es war, als ob die himmlischen Heerscharen ihre Instrumente stimmten, ich hörte kaum, was mein Gynäkologe sagte, denn dieses Rauschen war so laut, dass es mir fast den Schädel sprengte. Brusterhaltend. Was bedeutete das? Oliver war nicht dabei, wieso auch, ich war ja viel zu jung für so was.

Ich weiß nicht mehr, wie ich die ausgetretenen Linoleumstufen in diesem Haus an der Steglitzer Schloßstraße hinunterkam. Aber ich weiß noch, dass ich mir einen großen Milchkaffee und einen Muffin geholt hatte, mit denen ich mich vor das Café am Hermann-Ehlers-Platz setzte. Die Sonne schien und ich schaute auf die bunten Marktstände, die an diesem Vormittag dort aufgebaut waren. In der Luft hing der Geruch von Currywurst und zu lange gebratenem Hähnchen, ich zerpflückte den Muffin, ohne einen Bissen davon in den Mund zu stecken. Ich sah alte Frauen über den Markt schlurfen, hier und da das dargebotene Gemüse prüfen, ich sah den verschmutzten Mann mit den prallgefüllten Alditüten und der Flasche Goldkrone auf einer Mauer sitzen, ich sah zwei verschleierte Frauen ihre Kinderwagen schieben. Dazwischen eilten junge Frauen von Stand zu Stand, die in ihrer Mittagspause schnell das Abendessen einkauften, in einer Ecke palaverten mehrere orientalisch aussehende Händler.

Es kam mir vor, als ob ich einen Film sehen würde, oder eine Theateraufführung, ich war nicht Teil dieses Stücks, ich war nur die Zuschauerin in einem dunklen Raum. Noch wusste ich nicht, dass dieses Gefühl jetzt mein Alltag sein würde, meine nahe Zukunft, dass sich mein Leben von jetzt an in diesem dunklen Raum abspielen würde, zusammen mit anderen Zuschauern, während alle anderen dort draußen lebten.

Es hätte mich stutzig machen müssen, dass ich nicht sofort an meinen Job gedacht hatte. Denn der war bis zu diesem Tag neben Oliver das Wichtigste in meinem Leben. Ich unterrichtete Englisch und Deutsch am Gymnasium und war mit Leib und Seele Lehrerin. Noch stutziger hätte mich machen müssen, dass ich nicht sofort Oliver angerufen hatte.

Wie durch einen Tunnel überquerte ich die Schloßstraße, holte mein Auto aus der Tiefgarage des Shoppingcenters und fuhr wie ferngesteuert nach Hause. Als ich meine Hausschlüssel aus der Handtasche fingerte, hatte diese kleine, alltägliche Verrichtung eine fast tröstliche Wirkung, das hier, das tat ich selbst, hier war ich gefragt, hier war ich nicht nur Zuschauer.

Ich setzte mich an meinen Küchentisch, rollte mit dem Finger immer wieder die steinharten, graubraunen Zitronen in der marokkanischen Obstschale hin und her, ohne dass die Erkenntnis mein Gehirn erreichte, dass die Zitronen weggeworfen werden konnten.

Als Oliver nach Hause kam, saß ich immer noch an meinem Weichholztisch. Er gab mir einen Kuss auf den Scheitel. „Wie war dein Tag?“, fragte er.

Hätte es noch mehr gebraucht, um mir zu beweisen, dass er mir nicht zuhörte? Er hatte doch gewusst, wie viel Angst ich vor diesem Termin am Vormittag gehabt hatte. Er wusste doch genau, dass ich wie das Kaninchen vor der Schlange vor dem Ergebnis der Stanzbiopsie gezittert hatte. Was hatte er eigentlich gedacht, als er mich dort so hilflos hatte sitzen sehen?

Heute weiß ich, er hatte gar nichts gedacht. Er hatte es einfach verdrängt, ausgeblendet, was nicht sein darf, ist auch nicht, was ich nicht wahrnehme, passiert nicht.

„Wie war dein Tag?“ holte mich in die Gegenwart zurück. „Danke“, antwortete ich fassungslos, aber da war er schon raus aus der Küche und rief aus dem Flur: „Ich zieh mich nur schnell um, ich will noch eine Runde Rad fahren.“

Ich stand auf. In der geöffneten Tür des Schlafzimmers blieb ich stehen. „Ich muss nächste Woche operiert werden“, sagte ich.

Oliver war gerade dabei, sich seine Funktionshose, wie er dieses hässliche Ding nannte, anzuziehen.

„Wieso?“, fragte er in einem Ton, als ob ich gesagt hätte, ich muss nächste Woche nach Frankfurt fliegen.

„Das Ding da in meiner Brust ist bösartig.“

Ich hatte mich umgedreht, damit Oliver nicht sah, wie mir plötzlich – endlich – die Tränen in die Augen schossen.

„Nein! Mäuschen, ach Gott.“ Oliver kam von hinten auf mich zu und schloss seine leicht gebräunten, starken Arme um mich. Wie ich diese Arme geliebt hatte. Er drehte mich um und zog mich an sich. Ich weinte an seiner Schulter.

„Psst, Lara, schon gut, ist ja schon gut“, sagte er.

Später hörte ich ihn auf der Toilette weinen. Nichts war gut und es würde nie wieder gut werden.

Der erste Prozesstag

Es hört sich an, als ob der Staatsanwalt die einzelnen Worte zwischen seinen kleinen, spitzen Zähnen herauspresst, ein Vorgang, der ihm, so sein Gesichtsausdruck, Schmerzen bereitet. Er ist nicht gerade eloquent, denke ich und höre nur mit halbem Ohr hin, denn natürlich kenne ich die Anklage. Der Paragraf 211 des Strafgesetzbuches sieht für vorsätzlichen Mord aus niederen Beweggründen eine lebenslange Freiheitsstrafe vor. Daran wird auch der clevere Anwalt Börner nichts ändern können, obwohl ihm der Ruf vorauseilt, so manchen Schwerverbrecher rausgeboxt zu haben.

Old Stoneface erklärt, dass es für die Anklage des vorsätzlichen Mordes gewisser Voraussetzungen bedarf: „Als Mörder gilt nämlich nur, wer aus Mordlust, zur Befriedigung seines Geschlechtstriebs, aus Habgier oder anderen niedrigen Beweggründen, heimtückisch oder grausam oder mit gemeingefährlichen Mitteln oder um eine andere Straftat zu ermöglichen oder zu verdecken, einen Menschen tötet.“ Der Staatsanwalt erklärt auch, wie das Gesetz niedrige Beweggründe definiert: „Sie liegen vor, wenn das Motiv der Tötung nach allgemeiner sittlicher Würdigung auf tiefster Stufe steht und deshalb besonders verachtenswert ist.“

Was interessiert mich die allgemeine sittliche Würdigung? Auf welcher Stufe stehen meine Motive? Die Frage ist eher rhetorisch, denn ich brauche weder den Staatsanwalt noch einen gerissenen Strafverteidiger, um zu wissen, dass kein Gericht der Welt bei gleich drei Menschenleben nur auf Totschlag erkennen wird.

Der Staatsanwalt hat sich eine schmale Goldrandbrille auf seine Nase geklemmt und setzt die Verlesung der Anklage fort: „… werden Sie beschuldigt, Tobias Munich in seinem Haus in der Hüninger Straße erschossen zu haben."

Ja genau, so war das geplant. Natürlich hatte ich nicht eingeplant, dafür jemals vor Gericht zu stehen. Ich war mir sicher gewesen, dass niemand diesen Mord würde nachweisen können. Allerdings waren die Dinge da bereits schon ein wenig aus dem Ruder gelaufen. Der Mensch denkt und Gott lenkt, pflegte meine Mutter zu sagen. Ob der liebe Gott damit zu tun hatte, weiß ich nicht, auf jeden Fall lief alles anders als geplant.

„Des Weiteren werden Sie angeklagt des Mordes an Oliver Runge …"

Ich schalte ab. Die Stimme von Old Stoneface ist genauso einschläfernd wie sein Juristenjargon. Es ist nicht ganz klar, welche Dramaturgie sich der Staatsanwalt ausgedacht hat. Ein Mord kommt selten allein – wo hatte ich das nur gelesen? Aber genau so war es. Wo anfangen und wo aufhören? Dies und das ergibt jenes. Ich wette mit mir selbst, dass er mit dem Doppelmord anfangen wird, denn ohne diese Morde hätte man den ersten Mord nie aufgeklärt. Die Anklage für die Morde stützt sich ausschließlich auf Indizien. Verfluchte Kriminaltechnik.

Nachdem der Staatsanwalt endlich mit dem Anklagesatz durch ist, kommen die nächsten Regularien zum Einsatz:

die Belehrung der Angeklagten über ihr Aussageverweigerungsrecht. „Es steht Ihnen frei, sich zur Anklage zu äußern“, erklärt die Große Vorsitzende.

Im Krankenhaus

Die Tage bis zu meiner Operation vergingen wie in Zeitlupe. Oliver war deprimiert, ich spürte genau, dass er nicht so richtig wusste, wie er auf das Ding in meiner Brust reagieren sollte, das ich gar nicht schnell genug loswerden konnte. Als Erstes hatte ich dafür unseren gebuchten Urlaub in Hawaii abgesagt. Waikiki würde warten müssen.

Ich war schnell zum pragmatischen Teil übergegangen. Nachts, wenn Oliver schon im Bett lag, saß ich stundenlang vor dem Computer und recherchierte über Brustkrebs und seine Behandlungsmethoden. Denn bei dem Arzt war ich viel zu geschockt gewesen, um richtig zuzuhören.

Tagsüber unterrichtete ich weiter Englisch und Deutsch und kam mir vor, als ob ich das Stück „Die Englischlehrerin" aufführen würde.

Nach der Schule kaufte ich krankenhaustaugliche Nachthemden, einen ebensolchen Bademantel und Hausschuhe, die so sexy waren, dass nicht mal meine Oma in so etwas hineinschlüpfen würde. Ich konnte ja schließlich nicht im Negligé zur Operation antreten.

Oliver kam jeden Abend pünktlich nach Hause, etwas, was mein Diplom-Betriebswirt in unserer siebenjährigen Ehe nie zuvor geschafft hatte. Dann saß er unglücklich und stumm in seinem Sessel, spielte mit dem Tablet oder schaute sich gleich viermal am Abend die Nachrichten im Fernsehen an.

Unsere Gespräche hatten sich auf ein Mindestmaß reduziert, sogar als wir – wie jeden Freitagabend – beim Italiener einfielen, schienen wir verstummt zu sein. Worüber sollten wir auch reden? Über den nächsten Urlaub, von dem wir nicht wussten, wann wir ihn machen konnten? Über unsere Pläne, ein Haus zu kaufen, von denen wir nicht wussten, ob wir überhaupt je dazu kommen würden? Über unsere Freunde, denen ich noch nichts „davon" gesagt hatte?

Ich würde eine brusterhaltende Operation bekommen, hatte mir der Gynäkologe versichert. Und nein, ich habe mit Oliver nicht darüber geredet, wir haben nicht über das, was mir bevorstand, gesprochen, weil ich fühlte, dass Oliver es lieber nicht so genau wissen wollte.

Es war eine Art verzweifelte Sprachlosigkeit zwischen uns getreten, jeder versuchte so gut es ging, dem anderen nicht zu zeigen, wie er sich fühlte. Ins Bett ging ich grundsätzlich erst, wenn Oliver bereits eingeschlafen war.

Im Brustzentrum vom Sankt Gertrauden-Krankenhaus in Berlin-Wilmersdorf hatte man mir dann sehr genau erklärt, was auf mich zukommen würde. Diesmal war es auch in meinem Gehirn angekommen. Ich habe all das meinem liebenden Ehemann in dem gleichen Ton mitgeteilt, in dem wir auch sonst einmal in der Woche „Terminbesprechung" machten. Vielleicht war es an diesem Tag, an dem er zum ersten Mal verstand, dass ich „das Ding in meiner Brust" nicht im Galopp verlieren würde.

Die letzten Tage zu Hause vergingen quälend langsam.

Ich konnte es kaum abwarten, den Tumor endlich loszuwerden, jeder Tag länger in meiner Brust war ein Tag zu viel. Anfang Juli war es dann endlich soweit. „Soll ich dich ins Krankenhaus fahren?“, fragte Oliver.

„Quatsch“, sagte ich, „da findest du nie einen Parkplatz, ich nehme ein Taxi und außerdem bin ich alt genug.“ Ich fühlte, dass er erleichtert war. Oliver hasste Krankenhäuser, wie er mir mitgeteilt hatte, als seine Mutter wegen einer Totaloperation im Krankenhaus lag. Ich hatte hingehen müssen, um für ihn bei meiner Schwiegermutter Händchen zu halten, Oliver hatte sich dazu nicht imstande gesehen. „Mama weiß, dass ich eine Krankenhausphobie habe“, hatte er gesagt.

Als ich dann in der Aufnahme saß, war ich doch ein wenig traurig, die meisten Menschen hier waren mit einem Partner oder einem Freund gekommen, ich war mutterseelenallein mit meinem Trolley mit den Krankenhausklamotten. Gott sei Dank wurde ich dann sehr schnell beschäftigt. Trolley auf das Zimmer bringen, Vorgespräch mit dem Anästhesisten, Besuch in der Nuklearmedizinischen Abteilung zur Kennzeichnung der Lymphknoten für den Operateur, Gespräch mit dem Gynäkologen, der die genaue Schnittführung aufzeichnet, und nicht zuletzt der Kauf von Kopfhörern für das Fernsehen lenkten mich ab. Und dann war es auch schon früher Abend und ich setzte mich erschöpft auf das Bett mit dem Plastiküberzug. Während ich im Haus unterwegs gewesen war, hatte man meine Bettnachbarin in das Zimmer hineingeschoben, sie hatte ihre Operation bereits hinter sich. Nachdem ich meine Reizwäsche im Schrank verstaut hatte, legte ich mich zur Probe ins Bett. Meine Nachbarin öffnete die Augen und sagte: „Ich bin Renate."

Renate war Mitte sechzig und noch ziemlich schwach. „Woran sind Sie operiert worden?", fragte ich und erfuhr, dass auch Renate Brustkrebs hatte. Da öffnete sich die Tür und ein Mann mit einem Strauß roter Rosen, die bereits in einer Vase steckten, betrat schüchtern das Zimmer. Ich sah, wie Renate ihn anstrahlte, der Mann suchte ihre Hand und beugte sich über sie. „Alles okay." Obwohl sie flüsterte, konnte ich sie hören.

Das war der Moment, in dem ich mich das erste Mal nach Oliver sehnte. Ich hatte ihm zwar gesagt, dass er auf keinen Fall vor der Operation kommen sollte, ich sei viel zu nervös für Besuch, aber wenn ich ganz ehrlich zu mir selbst war, wollte ich ihn nicht unnötig quälen. „Komm, wenn alles vorbei ist", hatte ich gesagt. Ich nahm meine Träum-schön-Tablette und schlief dem Morgen der OP entgegen.

Die Aussage

Jetzt bin ich dran mit meiner Aussage. Ich habe immer gedacht, dass man vor einem Schwurgericht schwören müsste. Die Wahrheit zu sagen und nichts als die Wahrheit.

Die Wahrheit, ach Gott. Ich werde mich jetzt nicht schuldig bekennen, da könnt ihr lange warten. Bei meiner ursprünglichen Aussage bleiben, ganz stur …

Aber ich muss nicht schwören. Börner bittet mich, mit meinen eigenen Worten zu erzählen, was sich im Laufe des 11. Juli auf dem Fichtenberg abgespielt hat.

Der Staatsanwalt fragt mich zwischendurch, was ich denn in dieser Villa auf dem Fichtenberg gewollt habe.

„Ich wollte mit meinem Ehemann sprechen“, sage ich.

„Damit wir das richtig verstehen, Ihr Ehemann ist Oliver Runge?“, fragt er.

Ich nicke.

„Bitte antworten Sie auf die Frage“, ermahnt mich Old Stoneface.

Ich denke, er meint für das Protokoll, aber ich sehe nirgendwo jemanden sitzen, der Protokoll schreibt. „Wir lebten seit knapp einem Jahr getrennt“, führe ich also aus. „Ich hatte die Scheidung eingereicht.“

„Ihr Ehemann lebte in dieser Villa in der Schmidt-Ott-Straße in Steglitz?“, fragt der Staatsanwalt.

„Mein Ehemann lebte seit unserer Trennung in einer kleinen Wohnung am Südwestkorso in Friedenau“, sage ich.

„Wieso waren Sie dann in dieses Haus gekommen?“, bohrt er nach.

„Ich hatte meinen Mann angerufen, weil ich einige Details der Scheidung mit ihm besprechen wollte“, sage ich. Selbstverständlich hatte ich vorher bei meinem Mann auf dem Handy angerufen, falls die Polizei das überprüfen würde. „Er bat mich, in das Haus seiner neuen Freundin zu kommen“, sage ich. Mir klopft das Herz bis zum Hals, ich hoffe, dass man mir das nicht ansieht. Komisch, wie schwer es ist, vor Gericht zu lügen.

„Sie wussten bis zu diesem Zeitpunkt nichts von einer neuen Freundin Ihres Mannes?“, fragt der Staatsanwalt.

„Nein, es war mir ehrlich gesagt egal, ob, mit wem, wann und wie oft er mit einer Frau zusammen war, unsere Ehe war beendet, jeder von uns musste jetzt seinen eigenen Weg gehen.“

Na also, das ging ja schon viel besser. Wie oft bei dem Ausdruck „ehrlich gesagt“ schon gelogen wurde!

„Das ließ Sie so vollkommen kalt, dass Ihr Mann, auch wenn Sie getrennt lebten, offensichtlich eine neue Lebenspartnerin gefunden hatte?“

„Was hatte das mit uns zu tun?“, gebe ich zurück. „Bei der Trennung habe ich erst so richtig gemerkt, was für einen miesen Charakter Oliver hatte. Ich wünschte der Dame viel Spaß mit ihm.“

Strafverteidiger Börner tritt mir helfend zur Seite: „Sie waren also nicht verbittert, dass Ihr Mann Sie für eine Andere verlassen hat?“

„Mein Mann hat mich nicht für eine Andere verlassen, jedenfalls nicht, soweit ich wusste. Er hat mich verlassen, weil unsere Lebensvorstellungen nicht mehr miteinander vereinbar waren."

„Und das hat Sie nicht verbittert, das kann ich kaum glauben", legt Old Stoneface nach.

„Besser ein Ende mit Schrecken als ein Schrecken ohne Ende", sage ich und denke: Wie wahr!

„Sie waren demnach mit Oliver Runge an diesem Samstagnachmittag verabredet gewesen. Was genau wollten Sie besprechen?", versucht Börner mich wieder in die Spur zu bringen.

„Mein Anwalt hatte mir einige Hausaufgaben aufgegeben." Selbstverständlich hatte ich vorher dafür gesorgt, dass mein Scheidungsanwalt noch einige offene Fragen finden konnte.

„Kannten Sie die Frau, die Oliver Runges neue Freundin war?", fragt die junge Richterin mit dem blonden Pferdeschwanz.

„Ich wusste nicht, dass er mit ihr zusammen war, wenn Sie das meinen." Hier muss ich vorsichtig sein bei meiner Aussage, damit mir später niemand eine Lüge nachweisen kann.

„Kannten Sie das erste Opfer, Tobias Munich?"

„Ich kannte Tobias Munich nicht", sage ich und das war schließlich die Wahrheit. Nichts als die Wahrheit.

Nach der Operation

Als ich nach der Operation wieder in dieses Krankenhauszimmer geschoben wurde, war Renate bereits munter. Mir war immer noch kotzübel. Während Renate an diesem Tag viermal Besuch hatte, umklammerte ich die Spuckschale, die aussah wie eine verschimmelte Niere.

„Bitte komm noch nicht", bat ich Oliver am Telefon, „mir ist so schlecht, ich bin total platt."

Zwischen Renates Besuchen klingelte unablässig ihr Telefon, sie versicherte jedem Anrufer, dass es ihr blendend ging und sie ganz überrascht sei, wie gut sie die Operation überstanden habe. Sobald sie aufgelegt hatte, legte sie sich aufstöhnend zurück in ihre Kissen. Der Mann mit den roten Rosen kam fortan jeden Tag, saß stundenlang neben ihrem Bett und hielt ihre Hand. Ich erfuhr, dass sie erst seit zwei Jahren zusammen waren, Renate war vor fünf Jahren Witwe geworden. Auch sonst erfuhr ich so ziemlich alles aus ihrem Leben, im Krankenhaus kommt man sich sehr nah.

Am zweiten Tag fragte sie mich, warum ich denn keinen Besuch bekommen würde. „Ich bin wie eine Katze, wenn es mir schlecht geht, verkrieche ich mich", erklärte ich. Noch immer hatte ich meinen Freundinnen und Freunden nicht gesagt, dass und warum ich im Krankenhaus war. Nur meine Kollegin Ina, mit der ich seit einigen Jahren befreundet war, wusste Bescheid, das ließ sich ja nicht vermeiden, dass der Lehrkörper von meiner Erkrankung erfahren hatte. Sie rief natürlich an und fragte mich, wie es mir gehe, allerdings waren inzwischen große Ferien und Ina machte mit ihrem Mann Urlaub an der türkischen Riviera.

Am dritten Tag nach der Operation kam Oliver zum ersten Mal ins Krankenhaus. Natürlich hatten wir jeden Tag miteinander telefoniert. Ich bekam einen Schreck, als ich ihn sah. Er war genauso blass wie dieses gepunktete Operationshemd, das ich immer noch trug.

„Wie geht es dir?“, fragte ich, als er von einem Bein auf das andere tretend neben meinem Bett stand.

„Beschissen“, sagte er und das entsprach voll und ganz seinem Aussehen. Blumen hatte er mir nicht mitgebracht, er hat mir nie Blumen geschenkt. „Strünke“ pflegte er die Blumensträuße zu nennen, die ich mir regelmäßig selbst gönnte.

„Ich wusste nicht, was ich dir mitbringen sollte“, sagte er.

Warum hast du mich nicht gefragt, dachte ich, lächelte aber und sagte nichts dazu. „Setz dich“, forderte ich ihn auf.

Er stand hilflos in diesem Zimmer herum. „Darauf?“, fragte er und zeigte auf mein Bett.

„Da sind Stühle, zieh dir einen ran.“

Er blickte angeekelt auf die Kanüle, die in meiner Hand steckte. „Hast du dolle Schmerzen?“, fragte er.

„Ich kriege Schmerzmittel“, sagte ich und zeigte auf den Tropf, mit dem mich die Kanüle in meiner Hand verband.

Wenn ich mich heute an diese Szene erinnere, dann habe ich immer noch das Gefühl, dass er derjenige war, der

Trost brauchte, der Patient mit der lebensbedrohenden Krankheit, der dringend meines Zuspruchs bedurfte. Er gab mir nicht die Hand, er gab mir keinen Kuss, zum Abschied tätschelte er meinen Arm so beiläufig, wie man den Nachbarshund streichelt. Als er endlich gegangen war, brauchte ich wieder die graue Spuckschale. Ich schien wirklich empfindlich auf die Anästhesie zu reagieren.

Renate schaute mich mit ihren klugen, grauen Augen zweifelnd an. „Es gibt heute Abend ‚Castle'", sagte sie, „da wird es Ihnen gleich besser gehen."

Renate hatte Recht, kaum schmachtete Castle Beckett an, war meine Übelkeit wie weggeblasen. In jener Nacht tat ich kein Auge zu. Auf „Castle" folgte „Tatort", danach „Polizeiruf 110" und gegen Morgen zog ich mir noch „Criminal Minds" rein, ich hatte Angst davor, diese Flimmerkiste auszumachen, denn ich wusste, dass hinter diesem Flimmern an der Krankenhausdecke das wirkliche Grauen lauerte.

„Könnte es sein", fragte Renate, als die Krankenschwestern mit dem Austeilen ihrer Pillen, Tropfen, mit dem Fieber- und dem Blutdruckmessen viel zu früh am Morgen durch waren, „dass Sie sich mehr um Ihren Mann sorgen als um sich selbst?"

Ich lag mit offenen Augen im Bett und starrte die Decke an. Könnte es sein, dass Renate Recht hatte? Oder war es anders herum, sorgte ich mich vielleicht darum, dass ich nicht nur einen Teil meiner linken Brust, sondern auch meinen Mann verlieren würde?

„Männer können mit so was nicht umgehen", sagte ich mit der geballten Lebenserfahrung meiner vierunddreißig Jahre.

„Glauben Sie?“, fragte sie.

Mit Renate hatte ich wirklich Glück gehabt. Sie schnarchte nicht, sie hatte den typischen trockenen Berliner Humor und so erinnere ich mich an Tage im Krankenhaus, an denen wir uns unser Leben erzählten und oft herzlich lachten. So gelacht wie im Krankenhaus hatte ich seit der Diagnose nicht mehr, in Renates Gegenwart fühlte ich mich wie befreit. Bei ihr durfte ich Brustkrebs haben.

Man hatte mir vorher gesagt, dass meine Brust erhalten bleiben würde. Falls sich eine Delle bilden sollte, könnte man mit Eigenfett unterspritzen oder einen Schwenklappen aus körpereigenem Gewebe einlegen.

Trotzdem hatte ich Angst an dem Tag, als die Verbände entfernt wurden. Irgendwie sah mein Oberkörper aus wie nach einer Bombenexplosion, was sicher vor allem an dem hellroten Desinfektionsmittel lag, das sie weiträumig um meine Operationswunde verschmiert hatten. Allerdings musste ich zugeben, dass der operierende Gynäkologe wirklich ein Wunder vollbracht hatte. Es gab nicht mal einen Bombenkrater auf der linken Seite im Busen, wie ich befürchtet hatte, sie hatten onkoplastisch so operiert, dass kein Loch zu sehen war. Die Form meines Busens hatte sich allerdings ein bisschen verändert.

Am meisten Angst hatte ich vor der Diagnose des Pathologen. Denn man hatte mir gesagt, dass es sein kann, dass meine linke Brust trotzdem amputiert werden müsste, wenn sie den Tumor nicht vollständig entfernen könnten.

Die Befragung

„Wie gesagt“, fahre ich mit meinem Bericht fort, den ich wieder und wieder vorher geübt habe, den ich schon den Kommissaren der 4. Mordkommission mehrmals vorgebetet hatte. „Ich war mit meinem Mann verabredet, um noch einige Details unserer Scheidung zu besprechen.“

„Ging es dabei um Geld?“, fragt der Staatsanwalt.

„Geht es dabei nicht immer um Geld?“, frage ich zurück.

„Bitte antworten Sie auf meine Frage“, ermahnt Old Stoneface.

„Ja, es ging um Geld. Genauer gesagt ging es um unsere Lebensversicherungen, die wir gegenseitig abgeschlossen hatten, sowie um einen gemeinsamen Bausparvertrag.“

„Hatten Sie sich vorher bereits darüber gestritten?“, fragt die Vorsitzende Richterin dazwischen.

„Nein, wir haben überhaupt nicht gestritten. Ich wollte ja keinen Versorgungsausgleich von ihm, wir waren immer beide berufstätig gewesen. Und wenn er die Möbel hätte haben wollen, die wir uns gemeinsam angeschafft hatten, dann hätte ich ihm die freiwillig gegeben, ich wollte ihn einfach so schnell wie möglich aus meinem Leben streichen.“

Richterin Liesaus nickt und ich glaube, den Hauch eines Lächelns auf ihren Lippen zu sehen. Sie kennt das also.

„War das der Grund, warum Ihr Mann nicht zu Ihnen in die Wohnung gekommen ist?“

Diese Frage des Staatsanwaltes habe ich befürchtet. „Nein, ich wollte ihn nie wieder in unserer gemeinsamen Wohnung sehen. Ich weiß nicht, ob ich das gekonnt hätte, da wären einfach viel zu viele Erinnerungen hochgekommen."

„Wäre es dann nicht einfacher gewesen, sich mit Ihrem Mann an irgendeinem neutralen Ort zu treffen, statt im Haus seiner neuen Flamme?", gibt Geiernase zu bedenken.

„Ich war einfach neugierig", gebe ich ein wenig verschämt zu.

Die Große Vorsitzende lächelt. „Gut, weiter. Was passierte an diesem Samstagnachmittag, als Sie in das Haus in der Schmidt-Ott-Straße kamen? Wie kamen Sie dahin?"

„Mit dem Auto natürlich", sage ich.

„Wo parkten Sie? Könnten Sie uns das auf der Karte mal zeigen?", fragt Old Stoneface und hält eine Karte in die Höhe.

Er reicht mir einen Laserpointer, mit dem ich den Standort meines Autos anzeige. „Hier, schräg gegenüber von dem Haus."

„Sie parkten also. Wie spät war es?"

„Es war kurz vor drei. Wir waren um drei verabredet, ich bin immer ein wenig zu früh dran, man weiß ja nie, wie der Verkehr ist. Deshalb blieb ich noch ein wenig im Auto sitzen, ich mag es einfach nicht, vor der vereinbarten Zeit irgendwo einzutreffen." Nicht plauschen, Lara, sonst verplauschst du dich, ermahne ich mich stumm.

„Sie saßen also in Ihrem Auto, was hatten Sie für ein Wetter?"

„Es war ein wenig grau draußen, es war ein wahnsinnig

heißer, stickiger Sommertag, aber es regnete nicht, ich konnte die Straße gut überblicken. Das Haus steht fast auf der Spitze des Fichtenbergs, man hat eine sehr gute Sicht. Zu diesem Zeitpunkt waren auch wenig andere Autos da, so dass ich viel Platz für meinen eigenen Wagen hatte."

„Sie hatten also eine gute Sicht. Was genau sahen Sie?"

„Ich sah einen Mann aus dem Haus gehen."

„Wie spät war es da?"

„Es war wie gesagt kurz vor drei."

„Wohin ging der Mann?", fragt Börner.

„Er ging den Fichtenberg hinunter, Richtung Grunewaldstraße. Ich habe dann nicht weiter auf ihn geachtet, weil ich danach sofort ausgestiegen und zu der Villa gegangen bin."

Wieder zu Hause

Oliver hatte mir versprochen, noch mal im Krankenhaus vorbeizukommen. Ich hatte bei ihm alle möglichen und unmöglichen Frauenzeitschriften bestellt, denn ich hatte absolut keine Ahnung mehr, was gerade so angesagt war, aber jetzt gelüstete es mich nach einem modischen Update. Am Freitagnachmittag rief mein Gatte mich an, um mir mitzuteilen, dass aus dem Besuch nichts werde, da er am Abend mit Geschäftspartnern aus Brasilien essen gehen müsse. „Macht nichts, Schatzi“, flötete ich ins Telefon, „ich bin ja übermorgen wieder zu Hause.“

Immerhin schaffte mein Mann es, mich am Sonntag abzuholen. Er rief mich an und teilte mir mit, dass er mit dem Auto direkt unten vor dem Eingang halte, „damit du die Sachen nicht so weit schleppen musst“. Ich war ihm sehr dankbar für seine Hilfe und freute mich auf zu Hause. Wir fuhren beim Bäcker vorbei und ich stieg aus, um Brötchen zu holen. Das trockene Weißbrot im Krankenhaus wollte ich so schnell wie möglich vergessen.

Zu Hause machte ich uns ein richtig schönes, ausgiebiges Sonntagsfrühstück, mit gekochten Eiern und mit frisch angemachtem Quark mit Kräutern, obwohl die Wunde natürlich immer noch heftig schmerzte. „Blutige Entlassung“ nennen sie das wohl. Seit zwei Tagen nahm ich nur noch sehr zurückhaltend Schmerzmittel.

„Erzähl mir von den Brasilianern“, sagte ich.

Es wurde ein gemütlicher Sonntag, meine Brust-OP wurde einfach nicht erwähnt, der Schaden war schließlich beseitigt. Es war mir auch lieber so.

Vier Tage später war es dann endlich soweit. Ich ging in die Klinik und wartete anderthalb Stunden, obwohl ich einen Termin hatte. Wie langsam kann Zeit eigentlich vergehen?

„Ich habe eine gute und eine schlechte Nachricht für Sie“, sagte der Mann im weißen Kittel zu mir, als ich endlich dran war.

„Zunächst die gute Nachricht. Ihre Wächterlymphknoten sind frei. Wir müssen die Brust nicht amputieren.“

Das war es, was ich hören wollte. Der Mount Everest plumpste von meinem Herzen.

„Allerdings“, sagte er, „ist der Tumor selbst sehr aggressiv.“

„Was bedeutet das jetzt?“, fragte ich.

Der Arzt erklärte es mir umständlich und mit vielen, vielen Fremdwörtern, während die himmlischen Heerscharen wieder begannen, ihre Instrumente zu stimmen.

Zumindest verstand ich, dass mein Tumor jetzt einen Namen hatte. Der bestand aus vielen Ziffern und Versalien, deshalb entschloss ich mich, ihn von nun an Willie zu nennen.

Der Arzt erklärte mir, dass ich zur Vorbeugung eine Chemotherapie machen müsste. An die Chemotherapie sollte sich dann eine Strahlentherapie anschließen. Oh mein Gott!

„Wollen Sie noch Kinder?“, fragte mich der Arzt.

Kinder? „Ja, also, eigentlich, ich weiß nicht.“ Oliver

wollte Kinder, später, hatte er immer gesagt. Und so hatten wir unser Elterndasein auf den Sankt-Nimmerleins-Tag verschoben.

Der Mann im weißen Kittel erklärte mir, dass man mir Eizellen entnehmen und einfrieren könne. Oder man entnommene Eizellen gleich in einem Reagenzglas befruchten könne. Was interessierten mich meine Eierstöcke, wie konnte ich in diesem Moment überhaupt an Kinder denken? Ich hatte wahnsinnige Angst vor der Chemotherapie. Nachdem, was man so gehört hatte.

So müssen sich Gefangene fühlen, wenn sie Freigang haben, dachte ich, als ich das Krankenhaus verließ.

Wie sollte ich das Oliver beibringen? Er ging ja davon aus, dass ich geheilt war. Denn was nicht sein darf, wird nicht sein, auch wenn ich ihn in unserem „Termingespräch“ auf alle Eventualitäten vorbereitet hatte. Es gab keinen schlechteren Termin über Familienplanung zu reden als jetzt. An diesem Tag wäre ich besser nicht mit dem Auto gefahren, ich hätte fast meinen geliebten Fiat 500 zerschrotet. Willie brachte mich noch um den Verstand.

Als Oliver nach Hause kam, sagte ich ihm diesmal gleich bei der Begrüßung, dass ich ihm etwas Wichtiges mitzuteilen hätte. Ich sah die Angst in seinen Augen, es war die gleiche Angst, die ich am Morgen gehabt hatte, bevor ich das Urteil des Pathologen zu hören bekommen hatte.

„Brauche ich einen Whiskey?“, fragte Oliver.

„Ich mache dir einen“, sagte ich und holte den Tullamore Dew aus dem Barfach.

„Was?“, fragte Oliver und es klang kläglich. Er war leichenblass und auf seiner Oberlippe hatten sich kleine

Schweißtropfen angedockt. Wir setzten uns in unser schattiges Wohnzimmer, ich hatte die Jalousien wegen der Hitze fast ganz zugedreht. So nüchtern und sachlich, wie es mir möglich war, berichtete ich von meinen bevorstehenden Terminen.

Mit Terminen kam mein Gatte gut klar, er nahm sein iPhone und tippte sie in seinen Kalender: Onkologe, Chirurg, Kardiologe. Was das alles bedeutete, fragte er nicht, er wollte es wohl nicht wissen. Ich würde mich krankschreiben lassen müssen, für eine sehr lange Zeit. Ob ihm das klar wäre. Ja, nickte er, während er verzweifelt meine Hand streichelte. Das Thema Kinder wagte ich erst gar nicht anzuschneiden. Ich hatte mich am Nachmittag entschlossen, mir mit einem kleinen Eingriff Eizellen entnehmen zu lassen.

Willie hatte sich wie ein Pop-up zwischen uns geschoben, ein riesiges Pop-up, das so groß und mindestens so undurchdringlich war wie die Berliner Mauer. Jeder von uns vergrub sich nach diesem kurzen, unerfreulichen Gespräch hinter seinem Bildschirm, da brauchten wir nicht zu reden. Ich bin sicher, dass er Chemotherapie und ihre Folgen gegoogelt hat.

Tränen vor Gericht

Der Staatsanwalt schaut mich über seine Goldrandbrille an. Oben rüber natürlich, denn es ist ja eine Lesebrille. „Bevor Sie ausstiegen, haben Sie da etwas gehört? Einen oder mehrere Schüsse?“, fragt er mich und macht wieder ein Gesicht, als ob ihm die Frage körperlichen Schmerz bereitet.

„Nein“, sage ich, „es war nichts zu hören gewesen.“

„Gut, also, Sie haben an der Villa geklingelt“, stellt er fest.

„Ja, ich stand vor dieser schmiedeeisernen Pforte, die zu dem kleinen Vorgarten führte, und klingelte. Aber nichts rührte sich, was mich gewundert hat, denn wie gesagt, da war ja eben ein Mann herausgekommen. Nachdem ich ein paar Mal vergebens geklingelt hatte, griff ich durch das Gitter und öffnete die Pforte von innen.“

„Sie ließ sich öffnen?“, fragt die Richterin mit dem Pferdeschwanz.

„Ja, ganz einfach.“

„Wieso sind Sie nicht wieder gegangen, wenn Ihnen niemand öffnete?“

„Mir kam das irgendwie komisch vor, schließlich war ich mit meinem Mann verabredet, ich dachte, vielleicht sind die im Garten und hören das Klingeln nicht, ich wollte deshalb um das Haus rumlaufen.“

„Taten Sie das?“ Der Staatsanwalt.

„Nein, denn ich ging zunächst zum Eingang und schellte erneut an der dort angebrachten Klingel.“

„Und wieder machte niemand auf?“, fragt der Anwalt.

„Nein, aber ich hatte mich mit der Hand an dem Knauf der schweren, hölzernen Tür abgestützt, die plötzlich nachgab, sie war einfach nur angelehnt gewesen und nicht richtig geschlossen.“

„Und Sie betraten einfach ein fremdes Haus?“, fragt Richterin Liesaus.

Ich werde rot. Manchmal ganz nützlich, es sieht bestimmt so aus, als ob mir die Frage peinlich ist. „Ja, äh, also“, stottere ich ein bisschen, „ja, ich betrat den Flur und rief nach meinem Mann.“

„Der sich natürlich nicht meldete.“

„Richtig.“

„Und da dachten Sie sich, wenn ich schon mal hier bin, kann ich mich auch ein bisschen umschauen?“, bohrt die Richterin weiter. Man merkt ihr an, dass sie mein Verhalten schon ein bisschen merkwürdig findet, ich glaube, einen leicht spöttischen Unterton herauszuhören.

Ich nicke.

„Antworten Sie bitte auf die Frage, damit wir Sie alle hören können.“

„Ja, ich ging durch diesen kleinen Vorflur, es war dort recht dunkel drin, es brannte jedenfalls kein Licht und es kam wenig Tageslicht durch das kleine, vergitterte Fenster.“

„Sie hatten also die Tür hinter sich geschlossen“, sagt die Richterin.

„Wieso?“, frage ich überrascht.

„Weil offensichtlich durch die Tür kein Tageslicht drang“, stellt sie fest.

Ich muss vorsichtig sein, die Richterin ist gut. „Richtig.

Ja, ich muss die Tür wohl hinter mir zugezogen haben. Ich rief laut: ‚Oliver, bist du hier?', aber es war totenstill in dem Haus. Also machte ich einen weiteren Schritt und öffnete die zweite Tür am Ende des kleinen Flurs, der offensichtlich nur ein Windfang war. Und dann sah ich sie", sage ich. Und jetzt kommt meine Meisterleistung. Ich fange an zu schluchzen. „Sie lagen auf der Erde, Oliver und diese, diese Frau", sage ich schnüffelnd. Es ist ja ganz einfach zu heulen, ich muss mir nur noch einmal in Erinnerung rufen, wie ich die beiden zusammen entdeckt habe, dann laufen die Tränen bei mir von ganz allein.

Sie lassen mich ein wenig heulen. Dann wird die Richterin ungeduldig. „Was haben Sie denn gemacht, nach dem ersten Schreck?", fragt sie.

„Ich, ich bin hingegangen und habe sie berührt. Also ich meine, ich habe Oli geschüttelt. Und dann habe ich gesehen, dass er ein Loch im Kopf hat, genauso wie die Frau, die neben ihm lag. Und dass Blut aus seinem Bauch kam."

„Haben Ihr Mann oder die Frau noch gelebt zu diesem Zeitpunkt?", fragt die Richterin.

„Äh, nein, nein, ich glaube nicht."

„Was heißt, Sie glauben? Waren Sie sich sicher, dass sie nicht mehr lebten?", bohrt die Richterin.

Ich tue, als ob ich nachdenken würde. Das hat mich die Polizei so oft gefragt. Ich kann ja schlecht sagen, dass ich einen Taschenspiegel zu Rate gezogen hatte.

„Nein, sie waren tot."

Der Zopf muss ab

Eine Woche, bevor die Chemotherapie beginnen sollte, hatte ich einen Termin im Krankenhaus, dort wollten sie mir einen Port legen. Inzwischen war ich Stammgast im Sankt Gertrauden, denn ich hatte mich bereits vorher dort zur Entnahme von Eizellen eingefunden. Ich hasse es, wenn man bei örtlicher Betäubung an mir herumfummelt, während ich alles höre und rieche, und so war das Legen des Zugangs für mich auch weitaus schlimmer als die eigentliche Brust-OP.

Der Onkologe hatte mir empfohlen, bereits vor der Chemotherapie eine Perücke zu kaufen. Tagelang habe ich überlegt, ob ich Oliver bitten sollte, mir bei der Auswahl zu helfen, schließlich wollte ich ihm gefallen. Aber dann kam ich zu dem Schluss, dass Perückenkaufen nur etwas für Frauen ist.

Vielleicht hatte ich einen Fehler gemacht: Seitdem ich mit Oliver zusammen war, traten wir immer als Paar auf. Meine Freundinnen, die ich aus der Zeit vor Oliver kannte, lebten entweder nicht mehr in Berlin oder hatten inzwischen ebenfalls einen Partner. Wenn es als Vierergespann geklappt hatte, dann gehörten diese Frauen mit ihren Männern zu unserem gemeinsamen Freundeskreis, die Freundschaft zu den anderen war einfach eingeschlafen.

Oliver hatte mir jedoch geraten, meine Krankheit nicht „groß rumzuposaunen“. Er war der Meinung, dass die

Menschen sich dann von uns fernhalten würden, es sei wie Ebola oder HIV, niemand wolle etwas mit einem Paar zu tun haben, das eine schwere Krankheit überstehen muss. Ich musste Oliver da leider insgeheim Recht geben, denn ich entsinne mich, wie ich eine Tante, die an Krebs erkrankt war, einfach nicht besuchte, weil ich nicht gewusst hatte, was ich ihr sagen sollte. Jahrelang hatte ich deswegen ein schlechtes Gewissen gehabt.

Die einzige Frau, die mir ohne Anhang näher stand, war Ina. Unsere Freundschaft war in den großen Pausen entstanden, ohne die Verpflichtung, mit Mann und Kind am Wochenende etwas gemeinsam zu unternehmen. Ab und zu waren wir in unserer Lieblingsboutique nach der Schule eingefallen und hatten stundenlang Klamotten ausgesucht. Dabei fand Ina immer etwas, wovon sie glaubte, dass es mir stehen würde, und umgekehrt. Also rief ich Ina an und fragte sie, ob sie mich zum Friseur begleiten könne.

Natürlich ging ich zu „meiner" Friseurin, die mir sonst viermal im Jahr die Spitzen meiner langen Haare schnitt. Zunächst probierten wir alle Farben durch. Rot steht mir nicht, darin waren sich sowohl Ina als auch meine Friseurin einig. Sie schlug vor, dass ich weiterhin braun tragen sollte, eingefärbt in der gleichen Farbe, mit der ich, solange ich denken konnte, meine Haare färbte.

Und dann machte sie mir einen Vorschlag, der mich erschreckte: „Ich würde Ihnen am liebsten jetzt die Haare ganz kurz schneiden, damit der Schock hinterher für Sie nicht so groß ist, wenn Ihre Haare immer dünner werden. Und so kann sich Ihr Mann schon mal an die kurzen

Haare gewöhnen." Sie setzte mir eine braune Kurzhaarperücke auf.

„Du siehst toll aus mit kurzen Haaren, absolut apart!", sagte Ina.

Als meine langen Haare fielen, fielen auch die Tränen aus meinen Augen. Ich konnte gar nicht mehr aufhören zu schluchzen. Jetzt erst merkte ich, wie sehr ich an meiner Mähne gehangen habe, es war, als ob mir jemand meine Weiblichkeit rauben würde. Ina saß neben meinem Stuhl und hielt meine Hand. „Du wirst ganz klasse aussehen mit einem Pixie", versuchte sie, mich zu beruhigen. Aber ich beruhigte mich nicht, ich heulte noch, als wir schon im Auto saßen. Was würde Oliver nur sagen? Natürlich sah ich klasse aus mit dem Pixie-Schnitt, er gab meinem Gesicht etwas Besonderes.

„Ich würde die Augen ein wenig mehr mit Make-up betonen", schlug Ina vor. Fassungslos griff ich immer wieder an meinen Kopf, er fühlte sich fremd an. Und falsch. Das war ich doch gar nicht. Ich war doch die mit den schönen, langen Haaren. Als Teenie hatte ich tagelang vor dem Spiegel geübt, meine Haare mit einer Kopfbewegung sexy in Szene zu setzen, zumindest, was ich damals für sexy hielt. Meine langen Haare gehörten zu mir wie das Muttermal zwischen meinen beiden Brüsten, wie meine etwas zu groß geratene Nase, wie mein ausgeprägtes Kinn.

Ina setzte mich zu Hause ab, sie musste noch zum Abendessen einkaufen. Ich hockte mich vor den Spiegel und versuchte mich mit der neuen Lara anzufreunden.

Als Oliver nach Hause kam, nahm er mich zunächst gar nicht wahr. Er schmiss die Hausschlüssel in die Schale im

Flur, rief: „Hallo, bin wieder da!“, und stapfte ins Schlafzimmer, um sich umzuziehen. Ich stand wie angewurzelt in der Küche, in die er durch die Glasscheibe hineingucken konnte, wenn er Richtung Schlafzimmer ging. Nach einer gefühlten halben Stunde kam Oliver in die Küche. „Ich habe mich gefragt, ob ich das wirklich gesehen habe“, sagte er. Er sah fassungslos aus. Seine Reaktion war noch schlimmer als alles, was ich befürchtet hatte. „Wieso hast du das gemacht?“, fragte er tonlos.

„Damit die langen Haare nicht überall im Haus rumfliegen. Damit du dich daran gewöhnen kannst“, sagte ich.

„Ich dachte, du wirst eine Perücke tragen“, sagte er.

„Ja“, sagte ich, „werde ich. Aber erst, wenn ich keine Haare mehr habe.“ Es klang fast patzig, ich hatte das Gefühl, mich verteidigen zu müssen. Warum konnte er mich nicht in den Arm nehmen und mich trösten? Warum konnte er mir nicht sagen, dass ich toll aussah mit den kurzen Haaren? Warum konnte er mir nicht sagen, dass es egal sei, ob meine Haare lang oder kurz seien, dass er mich auch mit Glatze lieben würde? Ich wollte auf den Arm. Stattdessen sagte ich: „Die wachsen doch wieder, ist doch nur eine Frage der Zeit.“

Der Doppelmord

„Woran haben Sie denn gesehen, dass die Personen tot waren?“, fragt der Staatsanwalt.

„Sie hatten die Augen geöffnet, aber sie bewegten sich nicht, und die Pupillen waren auch ganz starr“, stottere ich.

„Hatten Sie die Frau zuvor mit Ihrem Ehemann gesehen?“, bohrt der Staatsanwalt noch ein wenig in der Wunde.

„Nein“, lüge ich.

„Und dann, was haben Sie dann gemacht, als Sie die zwei auf der Erde liegend gefunden haben?“, fragt Richterin Liesaus, die sich jetzt gespannt vorlehnt.

„Ich weiß es nicht, ehrlich gesagt. Ich glaube, ich bin ohnmächtig geworden, oder so.“

„Was heißt oder so?“, hakt der Staatsanwalt nach.

„Ja, ich muss wohl kurzzeitig weg gewesen sein.“

„Wie lange waren Sie weg?“, fragt Börner.

„Ich habe keine Ahnung“, sage ich. Nicht daran denken, was ich in der Zwischenzeit gemacht habe, einfach nicht daran denken, verbiete ich mir stumm.

„Und dann kamen Sie wieder zu sich. Was war dann?“

„Ich glaube, ich schrie. Ja, ich werde wohl geschrien haben.“

„Sie sind aber nicht auf die Straße hinausgelaufen, um den Mann zu suchen, der gerade das Haus verlassen hatte?“

„Äh, nein, also, nein, ich hätte da viel zu viel Angst gehabt, nein, ich schrie einfach, ich war total in Panik."

„Sie waren total in Panik, aber können sich daran erinnern, dass Sie Angst hatten, dem Mann auf der Straße hinterherzulaufen?"

Das war zugegebenermaßen ein Schwachpunkt in meiner Argumentation. Darauf waren schon die Bullen stundenlang herumgeritten.

„Ich habe sofort 112 gewählt", sage ich statt einer Antwort.

Der Staatsanwalt stellt fest, dass der Notruf um 15.13 Uhr eingegangen war.

„Sie hatten also einen Mann gesehen, der das Haus verlassen hatte", sagt die Richterin. „Können Sie ihn beschreiben?"

Was fragt die eigentlich so doof, die weiß doch ganz genau, dass ich ihn beschrieben hatte. „Ja", sage ich, „ich habe den Mann der Mordkommission beschrieben. Zusammen mit einem Grafiker wurde ein Phantombild von dem Mann angefertigt."

Jetzt hält der Staatsanwalt das Bild in die Höhe. „So also sah der Mann aus, den Sie aus dem Haus hatten gehen sehen?", fragt er. Es ist eine rhetorische Frage. „Um wie viel Uhr hat der Mann das Haus genau verlassen?"

„Ich weiß es nicht so genau, aber es muss kurz vor drei Uhr gewesen sein, denn ich war ja um drei Uhr in dem Haus verabredet. Und ich habe vor dem Haus gewartet, weil es noch nicht drei Uhr war. Also war es vielleicht fünf vor drei oder so", sage ich.

„Trug der Mann etwas bei sich?", fragt die Richterin.

„Sie meinen eine Tasche oder so? Darauf habe ich nicht geachtet. Nein, ich glaube nicht“, sage ich.

„Was für Kleidung hatte der Mann an?“, fragt der Staatsanwalt.

„Er trug eine helle Hose“, sage ich.

„Was verstehen Sie unter hell?“, hakt der Staatsanwalt nach.

„Hhm, beige, würde ich sagen, oder sandfarben, wenn Sie so wollen. Und dazu ein helles, weites Hemd, in der gleichen Farbe, oder fast in der gleichen Farbe“, sage ich.

„Und keine Tasche?“, fragt Börner noch mal.

„Ich kann mich nicht entsinnen, so genau habe ich nun auch wieder nicht hingeschaut“, gebe ich zu.

„War die Hose weit oder eng?“, fragt der Staatsanwalt.

„Weit, es war so eine Cargohose, glaube ich.“

„Das heißt, die Hose hatte tiefe Taschen an der Seite?“

„Ich glaube ja. Sah jedenfalls aus wie so eine Arbeitshose.“

Es werden Kleidungsstücke ausgepackt. „Waren das die Kleidungsstücke, die Sie an dem Mann gesehen haben?“, fragt der Staatsanwalt.

Ich nicke. „Ja, so etwas Ähnliches hatte der Mann an.“

„So etwas Ähnliches oder genau das?“

Ich zucke mit den Achseln. „Können Sie sich hundertprozentig erinnern, was ein Mensch angehabt hat, den Sie vor einem halben Jahr gesehen haben? Mehr als so etwas Ähnliches kann ich Ihnen nicht bestätigen.“ Ich reite bewusst auf den Spitzfindigkeiten herum. Denn natürlich weiß ich, dass keine Kleidungsstücke gefunden wurden, auf denen Schmauchspuren festgestellt werden konnten.

Die erste Chemotherapie

In der Nacht vor meiner ersten Chemo konnte ich kaum schlafen. Mein Herz raste, ich wälzte mich von einer Seite auf die andere. Oliver neben mir gab leise, schnorchelnde Geräusche von sich, ich beneidete ihn um seinen ruhigen, erholsamen Schlaf. Deshalb war ich ganz froh, als um sechs Uhr morgens endlich der Wecker klingelte. Ich schluckte die Tabletten, die mir der Arzt gegeben hatte, machte Kaffee und Frühstück und sprang unter die Dusche. Natürlich habe ich nicht einen Bissen von dem Frühstück heruntergekriegt. Oliver schaufelte die Mango, die ich für ihn aufgeschnitten hatte, in sich hinein, ebenso wie sein Powermüsli, von dem er nie genug bekommen konnte. Zum Abschied gab er mir einen Kuss auf die Wange. „Sei tapfer, Kleines“, sagte er und verschwand.

Ich nahm mir ein Taxi zum Klinikum Steglitz, wo ich erst mal zum Blutabnehmen musste. Dann wurde ich von der Schwester in einen Raum geführt, in dem bereits zwei andere Frauen saßen. Ich muss geguckt haben wie ein Schaf, das zur Schlachtbank geführt wird, und genauso kam ich mir vor.

„Es ist nicht so schlimm, wie Sie jetzt befürchten“, sagte eine der beiden Frauen.

Als der Arzt hereinkam, um mich zu punktieren, war ich bereits ein wenig ruhiger geworden, denn die beiden

Frauen hatten mir Mut zugesprochen. Eine Onkoschwester hängte mich an den Tropf. Die fliegenpilzrote Flüssigkeit, die da in mich hineinlief, sah hochgiftig aus. Ich redete mir ein, dass mir das guttun würde, dass es mich wieder heil machen würde. Dank des Galgenhumors der beiden Frauen ging die erste Chemo-Behandlung recht schnell vorüber. Abgesehen von dem Punktieren hatte ich nichts gemerkt und ich hatte sogar ein paar Mal laut gelacht. Es war wie schon mit Renate im Krankenhaus: Sobald ich mit Menschen zusammen war, die genauso krank waren wie ich, fühlte ich mich wie befreit. Bei ihnen durfte ich krank sein, durfte Angst haben, musste nicht immer so tun, als ob nichts wäre.

Fast fröhlich und guter Dinge verließ ich das Krankenhaus. Und plötzlich hatte ich Heißhunger auf etwas Süßes. Also ging ich mit ein bisschen wackligen Knien zum Bäcker gegenüber und holte mir ein Stück Mohnkuchen, das ich mit Heißhunger bereits im Taxi verzehrte. Das war wohl ein Fehler. Denn kaum war ich zu Hause, wurde mir kotzübel. Aber erst als Oliver von der Arbeit kam, konnte ich mich endlich übergeben. Oliver floh auf seinem Fahrrad.

Am nächsten Tag ging es mir aber wieder gut. Nachdem Oliver zur Arbeit gegangen war, fuhr ich zum Schlachtensee, um einen Spaziergang an der frischen Luft zu machen. Doch ich kam nicht weit, denn plötzlich blieb mir die Luft weg, mein Herz raste und ich merkte, wie mein Körper sich auf einmal ganz schlapp anfühlte. Ich kehrte um, schleppte mich zur Alten Fischerhütte und ließ mich dort auf einen der harten Biergartenstühle fallen. Ich hatte das Gefühl, jeden Moment vom Stuhl zu kippen, deshalb hielt ich mich am Tisch fest.

Nach zehn Minuten ging es mir besser, ich raffte mich auf, mir ein Mineralwasser zu holen, aber ich traute mich nicht mehr, in den Wald hineinzulaufen, sondern blieb unten am See mit meinem Glas in der Sonne sitzen. Das kann ja heiter werden, sagte ich mir. Ich wollte so gern gesund sein, ich war doch immer so stark und energiegeladen gewesen, nicht mehr so zu können, wie man will, war ein ganz neues Gefühl für mich. Ich schloss die Augen und genoss die Sonnenstrahlen.

Ich musste wohl eingeschlafen sein, denn als ich die Augen wieder öffnete, war die Sonne ein gutes Stück weitergewandert. Ich raffte mich auf und fuhr einkaufen. Ich war noch nie eine große Köchin gewesen, aber irgendwie schaffte ich es immer, irgendetwas Leckeres auf die Schnelle am Abend für Oliver und mich zu zaubern. Also kaufte ich Steinpilzravioli und Champignons, während ich mich wie eine alte Frau auf den Einkaufswagen stützte.

Als Oliver den Schlüssel in die Haustür steckte, setzte ich mich auf dem Sofa auf, wo ich offensichtlich sofort eingeschlafen war, nachdem ich nach Hause gekommen war. Kein Wunder, ich hatte ja letzte Nacht so gut wie nicht geschlafen.

„Wie siehst du denn aus?", fragte Oliver entsetzt. Nicht etwa „Wie geht es dir?" oder „Wie fühlst du dich heute?".

Ich schaute ihn fragend an. „Wieso?"

„Du bist ja krebsrot!", rief er. Ich sprang auf, um mich im Spiegel zu betrachten – keine gute Idee, denn erst einmal drehte sich das Zimmer um mich.

Vor dem Badezimmerspiegel sah ich dann die Bescherung. Ich hatte ganz offensichtlich einen Sonnenbrand. Als ich mein T-Shirt auszog, bemerkte ich, dass sich auf meinem Oberkörper ganz viele Eiterpickelchen angesiedelt hatten.

„Oh mein Gott“, stöhnte Oliver, als ich ihm das Desaster zeigte.

Leise in mich hineinweinend kochte ich uns die Steinpilzravioli. Oliver sagte: „Mir ist der Appetit vergangen“, und schob den Teller mit der Pasta weit von sich. Ich heulte.

Und so schlief ich auch in dieser Nacht nicht. Ich lag neben Oliver im Bett und starrte verzweifelt an die Decke. Wie einsam man sich mit einem Mann im Bett doch fühlen kann.

In diesen Chemowochen änderte sich mein ganzes Leben. Nicht nur, dass Oliver mich nicht mehr anrührte, bereits an diesem ersten Tag nach der Chemo lernte er, mich nicht mehr wahrzunehmen. Er schaute mir einfach nicht mehr in die Augen. Natürlich sah er trotzdem sofort, dass ich am nächsten Morgen eine dicke Herpes-Lippe hatte. Er schaute auf eine so angewiderte Weise weg, dass ich wieder in Tränen ausbrach, als er endlich das Haus verlassen hatte.

Mein Geschmackssinn veränderte sich ebenfalls. Die Sachen, die ich früher gern gegessen hatte, schmeckten einfach nicht, es war, als ob ich mir jedes Mal direkt vor dem Essen die Zähne geputzt hätte. Was dazu führte, dass ich natürlich immer viel zu viel Salz in das Essen kippte.

„Verdammt noch mal, das ist ja total versalzen“, sagte Oliver, als ich ihm am nächsten Tag ein Putengeschnetzeltes vorsetzte.

„Ich geh nach der Arbeit bei Mr. Hai vorbei“, sagte er am nächsten Morgen. Er fragte nicht, ob er mir auch ein paar Sushis mitbringen solle. Nein, ich hätte auch keine gewollt, alles schmeckte sowieso so widerlich süß, dass ich fand, dass es das Einfachste war, überhaupt nur noch Süßes zu essen. Und so ernährte ich mich fortan von Zimtschnecken, Quarkkeulchen und Streuselkuchen. Natürlich kriegte ich davon Sodbrennen.

Mein Ehemann aß fortan außer Haus und dadurch fielen unsere abendlichen Treffen am Esstisch aus. Was hatten wir früher unsere gemeinsamen Essen genossen, Wein dabei getrunken und ganz oft bis zum Schlafengehen geredet und gelacht.

Wenn Oliver nicht schlief, saß er vor dem Fernseher oder war im Bad. So musste er mich wenigstens nicht anschauen.

Der zweite Prozesstag

Am zweiten Prozesstag wird die Beweisaufnahme fortgesetzt, Stephan Falkner wird aufgerufen. Er ist Polizist im Polizeiabschnitt 45 am Augustaplatz und war als Erster zusammen mit seinem Kollegen Schneider am Tatort auf dem Fichtenberg, nachdem ich den Notruf gewählt hatte. Ich weiß genau, was er erzählen wird. Dass ich ihm und seinem Kollegen hysterisch schreiend die Tür geöffnet habe, dass ich tränenüberströmt gewesen sei und die beiden dann zu den Leichen geführt habe, die direkt hinter dem kleinen Vorflur lagen. Schön aufgereiht, mit einem sauberen, kleinen Loch in der Stirn. Ich habe einfach nur noch geschrien und gezittert, ja, ich gebe es zu, ich war total fertig.

Falkner hatte mich in den nächsten Stuhl gesetzt, der in sein Blickfeld kam, und mir ein Glas Wasser aus der Küche gebracht, während Schneider mich bewacht und die Mordkommission verständigt hatte.

Ich glaube, so viel Angst hatte ich vorher nur einmal in meinem Leben gehabt, nämlich an dem Tag, als ich zum Arzt in die Schloßstraße gefahren bin, um den Befund zu holen.

Die Richterin fragt, ob es einen Mitschnitt des Notrufes gebe. Natürlich hält der Staatsanwalt den bereit. Ich erschrecke, als ich meine panische Stimme auf dem Band höre. Ich höre mich an, als ob ich hyperventiliere.

„Bitte schnell, kommen Sie schnell“, krächze ich, „hier ist ein Unglück passiert. Es hat jemand geschossen, ich meine, zwei wurden erschossen. Glaube ich, zwei Tote.“

„Bitte nennen Sie uns die Adresse, wo sind Sie?“

„Die Adresse? Auf dem Fichtenberg, Steglitz, Fichtenberg, es ist eine gelbe Villa, ich habe keine Ahnung, die Nummer, äh, Schmidt-Ott-Straße, ich weiß die Nummer nicht, bitte, kommen Sie.“

„Habe ich richtig verstanden, Schmidt-Ott-Straße in Steglitz?“

„Ja, oben, auf dem Fichtenberg, ich weiß die Nummer nicht, Moment, ich muss in mein Handy gucken, da habe ich die Adresse …“

Und dann ist das Gespräch weg. Ich habe die Notrufzentrale einfach weggedrückt. Panik, Sie verstehen. Kurz darauf geht mein zweiter Anruf ein, ich schreie die Adresse ins Telefon und den Namen, der an der Haustür steht. Der Mann an der Zentrale sagt mir, ich solle Ruhe bewahren, die Rettungskräfte würden gleich kommen. Er fragt mich nach meinem Namen, den ich ihm nenne.

„Wer sind die Toten?“, fragt er.

„Oliver, Oliver Runge und ich weiß nicht, wie die Frau heißt. Ich weiß es nicht“, heule ich. Ich wusste gar nicht, dass ich so hysterisch heulen kann.

„Haben Sie geschossen?“, fragt der Mann von der Notrufzentrale.

„Ich, nein, natürlich nicht, nein!“, schreie ich.

„Wissen Sie, wer geschossen hat?“

„Der Mann, der Mann, der gerade aus dem Haus gegangen ist, der, oh mein Gott“, stammele ich.

Richterin Liesaus betrachtet mich mit zusammengekniffenen Augen, während wir das Band abhören. Ich höre mich wirklich durchgeknallt an.

Falkner schildert dem Gericht, wie durcheinander ich war. „Frau Runge stand eindeutig unter Schock, sie war kalkweiß im Gesicht", sagt er.

Ich hatte bis zu diesem Zeitpunkt keine Ahnung gehabt, wie Menschen sich verhalten, die unter Schock stehen, ich hatte einfach so gehandelt, wie ich mir vorstellte, dass ich handeln müsste. Auf jeden Fall hatte es genug Eindruck auf Falkner gemacht, dass er die Sanitäter fragte, ob sie mir etwas zur Beruhigung geben könnten. Was ich natürlich abgelehnt hatte. Denn ich brauchte einen klaren Kopf.

Haarausfall

In der zweiten Woche nach der Chemo hatte ich morgens dann plötzlich sehr viele Haare in meiner Bürste. Ich konnte sie mir büschelweise auskämmen. Meine Friseurin hatte das vorausgesehen und mir gesagt, wenn es so weit sei, dass die Haare anfingen auszufallen, würde sie mir eine Glatze rasieren, damit die Haare nicht überall im Haus herumfliegen würden. Meine Perücke wäre dann auch in der mir passenden Größe fertig. Also machte ich einen Termin bei ihr.

Bevor ich zum Friseur ging, schminkte ich mich sorgfältig, der Rat von Ina, die Augen mit ein wenig Make-up mehr zu betonen, hatte sich als goldrichtig erwiesen.

Komischerweise hat mich das Rasieren nicht so mitgenommen wie der Tag, an dem meine Friseurin mir einen Kurzhaarschnitt verpasst hatte. Ich hatte mich innerlich darauf eingestellt, von nun an Perücke zu tragen, außerdem war ich viel zu schlapp, um mich noch mal so aufzuregen. Und so saß ich beim Friseur vor dem Spiegel und staunte, wie mein Gesicht in den Mittelpunkt rückte.

Eigentlich fand ich mich gar nicht so hässlich mit der Glatze, allerdings fragte ich mich, wie Oliver darauf reagieren würde. Natürlich hatte ich Angst davor, mich ihm ohne Haare zu zeigen, aber das würde sich kaum vermeiden lassen, denn schließlich könnte ich ja nicht mit der Perücke schlafen.

Es war wie früher als Teenager: Als ich den Salon in der Schloßstraße verließ, lief ich an den Schaufenstern vorbei und betrachtete mein Spiegelbild. Der kurze Schnitt der Perücke gab mir etwas Freches, dadurch, dass die Haare ja aufgeknüpft waren, erschien mein Kopf ein wenig größer als vorher. Ich hatte mich immer noch nicht so richtig an die neue Lara gewöhnt, ich fand, ich war gar nicht der Typ für kurze Haare, weil ich von Natur aus sehr groß bin.

Als Oliver am Abend nach Hause kam, sagte er nichts, er kommentiert meinen Look überhaupt nicht. Wir redeten nur das Notwendigste zusammen, es gab keine Gespräche mehr über das Morgen, keine Weißt-du-noch-Abende oder genüssliche Urlaubsplanungen. Wir stimmten unsere Termine ab und das war es. Guten Abend, guten Morgen, guten Tag.

Am liebsten hätte ich ihn so lange geschüttelt, bis mein alter Oliver wieder zum Vorschein gekommen wäre. Der Mann, den ich geliebt hatte, schien sich versteckt zu haben. Oder habe ich mich vor ihm versteckt? Ich ging lange nach ihm ins Bett und stand früh am Morgen auf, wenn er noch schlief. Nicht ein einziges Mal hat Oliver mich in diesen Wochen ohne Haare gesehen, nicht ein einziges Mal hat er meine lädierte Brust berührt. Ich blieb allein mit meiner Glatze, mit der Narbe, mit meiner Angst vor dem Sterben und mit meinem Sodbrennen, von dem ich mitunter glaubte, daran zu verbrennen. Ich hatte alle möglichen Tricks versucht, um das Feuer in mir loszuwerden, ich würgte mir sogar trockene Haferflocken rein, es half nichts.

Gegen Ende der drei Wochen zwischen den beiden ersten Chemositzungen wurde es ein wenig besser, aber mein Selbstbewusstsein hatte Reißaus genommen. Ich fühlte mich matt, gefrustet, müde und nutzlos. Meine Heimat war das Sofa und ich war sogar zu schlapp, um zu lesen. Ich lenkte mich mit Doku-Soaps ab, die ich früher als Trash-TV bezeichnet hätte. Stundenlang grübelte ich über Olivers Verhalten. Natürlich war ich jetzt sehr empfindlich und viel zu schnell beleidigt. Ich fühlte mich unverstanden und mutterseelenallein. Jede kleine Geste bezog ich auf mich. Ich hatte ein Problem, auf die Straße zu gehen, weil ich dachte, jeder starrt mich an. Als mich meine Lieblings-Bäckerei-Verkäuferin fragte, ob ich eine neue Frisur hätte, bin ich tatsächlich in Tränen ausgebrochen.

Der Rechtsmediziner

Als Nächstes wird der Rechtsmediziner aufgerufen. Ein untersetzter Mann mit einer beginnenden Glatze auf dem Hinterkopf, über die er sich dekorativ dunkle Haarsträhnen gelegt hat. Dr. Bergmann, so heißt der Rechtsmediziner, hat die Leichen bereits vor Ort einer ersten Untersuchung unterzogen.

Dr. Bergmann fasst in schönstem Ermittlerdeutsch seine Erkenntnisse zusammen. Die Schöffin hebt ein wenig die Hand. „Darf ich auch eine Zwischenfrage stellen?“, fragt sie zaghaft.

„Selbstverständlich, dafür sind Sie hier“, sagt die Vorsitzende Richterin und macht eine Handbewegung, mit der sie der Schöffin das Wort erteilt.

„Ich habe das nicht so genau verstanden. Wann genau ist denn nun der Tod eingetreten?“, fragt die Schöffin.

„Kein Mediziner dieser Welt wird Ihnen auf die Minute genau sagen können, wann der Tod eingetreten ist“, blafft Dr. Bergmann zurück. „Ich kann Ihnen nur so viel sagen, dass der Tod kurz vor unserem Eintreffen eingetreten ist. Nimmt man die Gerinnung des Blutes, das aus den Schusswunden ausgetreten war, und die Körpertemperatur und die Außentemperatur als Richtlinie, so waren die zwei Leichen nicht sehr viel länger als eine Stunde tot, nachdem ich sie einer ersten Untersuchung unterzogen habe.“

„Um wie viel Uhr haben Sie die Leichen untersucht?“, fragt die Richterin.

„Ich bin um fünfzehn Uhr achtundvierzig am Tatort eingetroffen“, sagt Dr. Bergmann.

„Sie sagten, *nicht sehr viel länger*. Könnten Sie die Zeit auch eingrenzen, wenn Sie sagen *nicht sehr viel kürzer*?“, hakt die Richterin nach.

„Auf keinen Fall kürzer als eine halbe Stunde.“

Na prima, der Gerichtsmediziner ist, was den Todeszeitpunkt anbelangt, so hilfreich wie ein Pickel.

„Was können Sie uns über die Todesursache sagen?“, fragt der Staatsanwalt.

„Die Frau wurde durch einen einzigen Schuss in den Kopf, und zwar mitten in die Stirn getötet. Die Waffe war direkt auf die Stirn aufgesetzt worden.“

„Moment, wenn ich das richtig verstehe“, unterbricht ihn die Richterin, „heißt das, dass die Tote ihren Mörder so nah an sich hat herankommen lassen, dass dieser ihr die Waffe direkt auf die Stirn aufsetzen konnte?“

„Genau so ist es. Im Gegensatz zu dem Mann, der wahrscheinlich zunächst mit einem Schuss in den Bauch niedergestreckt worden ist. Dieser Schuss ist aus einigem Abstand getätigt worden. Ich vermute, dass er erst, als er bereits am Boden lag, durch einen zweiten Schuss in den Kopf getötet wurde. Der Schuss in den Bauch wäre allerdings auch tödlich gewesen, da die Bauchaorta getroffen worden ist, aber der Eintritt des Todes wäre nicht sofort erfolgt. Dadurch hat der Mann auch sehr viel mehr Blut verloren als die Frau. Durch den Bauchschuss.“

„Das bedeutet, dass der Schütze oder die Schützin sehr

gut mit einer Waffe umgehen konnte und genau wusste, wie man einen Schuss richtig platziert, damit er eine tödliche Wirkung hat“, fasst die Richterin das Gehörte zusammen. „Gab es Abwehrverletzungen?“

„Nein, weder bei der Frau noch bei dem Mann.“

„Konnten an den Leichen fremde DNA-Spuren sichergestellt werden?“

„Ja, bei dem Mann wurden DNA-Spuren sichergestellt.“

„Konnte die Herkunft der DNA-Spuren später festgestellt werden?“

„Jawohl, die Spuren wiesen eindeutig auf die Ehefrau des Ermordeten, Lara Runge, hin.“

Die Fingernägel fallen

Die Chemotherapie kam mir vor wie ein Ritt durch die Hölle. Meine schlimmsten Befürchtungen wurden dabei noch übertroffen. Ich dachte, dass es nach den ersten Chemowochen besser werden würde, aber das Gegenteil war der Fall. In der ersten Woche war ich nach meinem Giftcocktail immer so schlapp, dass ich kaum das Sofa verlassen konnte. Ich war sogar zu schlapp zum Lesen. Wenn ich ein Buch in der Hand hielt, dann war es mir zu schwer, kaum hatte ich meinen E-Reader angeschaltet, fielen mir die Augen zu. Meine Konzentration tendierte gegen Null, es blieb mir kaum etwas anderes als dümmliche Fernsehserien. Seitdem kenne ich alle Doku-Soaps: von „Richterin Barbara Salesch" über „Richter Alexander Hold", „Nashorn, Zebra & Co" bis zu „Einsatz am Herd" und „Verdachtsfälle". Ich habe „Desperate Housewives" ebenso geguckt wie „Um Himmels Willen" oder „The Big Bang Theory". Nur „Das perfekte Dinner" und andere Koch-Dokus ließ ich aus. Mir war auch so schon schlecht.

Oliver kam nur noch zum Schlafen nach Hause. Ich war zu schlapp, um mich mit ihm auseinanderzusetzen. Es war, als ob man mir nicht nur einen Teil meiner Brust herausoperiert hätte, sondern auch meinen Mann.

Als das Ende der Chemowochen bereits in Sichtweite kam, bemerkte ich zu meinem größten Entsetzen, dass auch mit meinem Hirn etwas nicht zu stimmen schien.

„Was ist denn, Kleines?“, fragte mich meine Mutter am Telefon.

Ich sagte: „Nichts, ich wollte nur mal hören, wie es dir geht.“

Meine Mutter schwieg und sagte dann: „Was soll sich seit heute Mittag geändert haben?“

Ich hatte tatsächlich vergessen, dass ich meine Mutter drei Stunden zuvor bereits angerufen hatte.

Der wahre Horror aber stand mir noch bevor: Als ich die ersten Wimpern und Augenbrauenhaare im Waschbecken entdeckte, war es vorbei mit jeglicher Contenance. Ich heulte wie ein einsamer Wolf in mein Kissen, alles brannte, meine Schleimhäute waren entzündet und ich konnte kaum noch etwas schlucken. Von Tag zu Tag verlor mein Gesicht mehr an Kontur, es dauerte genau eine Woche, dann waren sowohl meine Wimpern als auch meine Augenbrauen verschwunden. Ich hätte doch einen Schminkkurs belegen sollen, wie mir angeboten worden war. Meine Versuche, mir Augenbrauen zu schminken, endeten in einem traurigen Clownsgesicht und Tränen. Ich konnte mich nicht mehr daran erinnern, wo meine Augenbrauen gesessen hatten und wie dick sie gewesen waren. Auf dem nackten Gesicht wirkten die braunen Striche wie Hohn.

Natürlich schleppte ich mich weiter zur Chemotherapie, acht Chemositzungen alle drei Wochen waren angesagt. Oh, wie ich dem Ende dieser Qual entgegenfieberte.

Es war vor der letzten, sehnlichst erwarteten Chemotherapiesitzung. Ich lag noch im Bett, als ich einen spitzen Schrei aus dem Bad hörte. Was war los, hatte Oliver sich geschnitten?

Ich stieg, so schnell es die aufkommende Übelkeit zuließ, aus dem Bett. „Ist alles okay, Oli?“, fragte ich laut durch die Tür.

„Nichts ist okay, ich kann das nicht mehr“, hörte ich Oliver hinter der Tür sagen. Was meinte er? Hatte er Verstopfung?

Ich schleppte mich wieder ins Bett und zog mir die Decke über den Kopf. Nach ungefähr zwanzig Minuten kam Oliver ins Schlafzimmer. Er sagte gar nichts, aber ich hörte, dass er seine lederne Reisetasche aus dem Schrank holte und auf das Bett stellte. Ich hatte mir für die perückenfreie Zeit in der Nacht eine weiche, babyblaue Nachtmütze angeschafft, die ich auch im Haus am liebsten trug. Wer nie oben ohne gegangen ist, kann sich nicht vorstellen, wie kalt es auf so einem Kopf werden kann. Also zog ich die Decke weg und betrachtete meinen Mann.

„Was machst du da?“, fragte ich ihn.

„Sieht man das nicht?“, schluchzte er. Oliver heulte. Er heulte tatsächlich.

„Musst du verreisen?“, fragte ich ihn, obwohl ich in diesem Moment bereits die Antwort kannte.

„Ich halte das nicht mehr aus“, schniefte Oliver. „Tut mir Leid, Kleines, ich ertrage das einfach nicht mehr“, sagte er und schmiss gleichzeitig seine Unterhosen in die Reisetasche.

„Was hast du vor?“, fragte ich. Ruhig, wirklich, ich war ganz ruhig.

„Ich weiß es nicht, ich muss hier weg, so geht es nicht weiter“, sagte er und legte die Socken, die ich ihm am

Vortag gewaschen und zusammengefaltet hatte, in die Tasche.

„Wo willst du hin?“, hakte ich nach.

„Ich gehe in ein Hotel. Für’s Erste.“

Oh, ich hatte genau verstanden. „Für’s Erste? Was heißt das?“

„Das heißt, dass ich vorübergehend in irgendeinem Hotel schlafen werde. Ich kann das hier nicht mehr, Lara, es tut mir leid, ich leide, wenn ich all das Elend mit dir sehe. Es ist, als ob ich selbst aufgefressen werde, ich leide einfach mit dir, jetzt liegen schon deine Fingernägel im Waschbecken.“

Ich schaute auf meine Hände und sah, dass der Nagel des Mittelfingers der rechten Hand sich verabschiedet hatte. Ich glaube, das war der Moment, in dem ich zum ersten Mal schrie. Es war nicht der Verlust meiner Brust oder der Verlust meiner Haare, der mich so schlimm getroffen hatte, nicht mal der Verlust meiner Wimpern und Augenbrauen, aber eine Hand ohne Nägel war so ziemlich das Schlimmste, das ich mir vorstellen konnte. So etwas hatte ich als Kind geträumt, wenn ich Fieber hatte. Ich schrie, wie ein verwundetes Tier, ich schrie ihn an: „Hau bloß ab, mach, dass du wegkommst, du Arschloch!“ Dann versteckte ich mich unter der Decke. Als ich hörte, dass Oliver den Reißverschluss der Tasche zuzog, schickte ich ihm noch hinterher: „Ich will dich nie wiedersehen!“

Und so schlich sich mein Mann aus unserem Leben.

Erdrückende Beweislast

„Haben Sie Lara Runge auch auf Schmauchspuren untersucht?“, fragt der Staatsanwalt den Rechtsmediziner.

„Jawohl, ich habe selbstverständlich bereits vor Ort Abstriche von den Fingern von Frau Runge genommen. Sie hatte schließlich die Leichen gefunden, wir mussten ebenfalls ihre DNA nehmen, auch um sie eventuell als Täterin auszuschließen. Da sie am Tatort war, war sie natürlich eine Spurenverursacherin.“

Ich lächle in mich hinein.

„Haben Sie Schmauchspuren an den Händen von Lara Runge gefunden?“, fragt die Vorsitzende Richterin. Sie scheint heute ein wenig ungeduldig zu sein.

„Jawohl, Frau Runge hatte an der rechten Hand Schmauchspuren.“

„Konnten diese Spuren von dem Abfeuern einer Waffe entstanden sein?“, fragt Anwalt Börner. Er sieht heute noch blasser aus als das letzte Mal.

„Selbstverständlich. Die Spuren waren sehr verwischt, wir fanden auch Schmauch- und Blutspuren auf den weißen Leinenhosen, die sie an diesem Tag getragen hat. Sie hat sich wohl die Hände an den Hosen abgewischt. Außerdem hatte sie auch Schmauch- und Blutspuren im Gesicht.“

„Um wessen Blut handelte es sich?“, fragt Old Stoneface.

„Es handelte sich um das Blut beider Opfer."

„Sie sprachen von DNA-Spuren auf dem Ehemann. Um was für Spuren handelte es sich?", will der Anwalt wissen.

„Es handelte sich um ein Haar von Frau Runge."

„Frau Runge hat ausgesagt, dass sie neben ihrem Ehemann in die Knie gegangen sei und seine Wunden untersucht hätte. Danach hätte sie, wenn ich mich recht an ihre Aussage entsinne, die Besinnung verloren. Besteht die Möglichkeit, dass die Schmauch- und Blutspuren sich auf diese Weise auf Lara Runge übertragen haben?", fragt die Richterin mit dem Pferdeschwanz.

„Das wäre unter Umständen denkbar", gibt der Rechtsmediziner zu.

„Unter was für Umständen?", hakt der Staatsanwalt nach. Er sieht aus, als ob er Magenschmerzen hat.

„Wenn sie dies sehr ausgiebig und unkontrolliert getan hätte."

„Eine Waffe wurde allerdings nicht im Haus gefunden", beeilt sich Anwalt Börner einzuschieben.

„Nein, eine Waffe konnten wir nicht am Tatort finden."

„Aber es wurden die Projektile gefunden, die die Opfer getötet haben", stellt die Richterin fest.

„Dazu haben wir den Ballistiker gesondert geladen", erklärt der Staatsanwalt.

„Nun denn, wenn Sie keine Fragen mehr an den Zeugen haben, dann ist der Zeuge hiermit entlassen." Damit schließt die Große Vorsitzende den zweiten Prozesstag.

Der Auszug

Als Oliver mich verlassen hatte, war ich wie gelähmt. Ich starrte fassungslos auf meine Hand mit dem fehlenden Nagel. Und ebenso fassungslos starrte ich auf das leere Bett neben mir. Dabei konnte ich keinen klaren Gedanken fassen. Es war, als ob sich ein Karussell in meinem Kopf in Bewegung gesetzt hätte, mir wurde allein vom Versuch zu denken schwindelig. Also verzog ich mich auf das Sofa im Wohnzimmer und schaute mir das Morgenmagazin an. Bei dem Versuch, mir eine trockene Scheibe Toastbrot in den Mund zu stopfen, verlor ich den zweiten Nagel. Wie von Sinnen stürzte ich ins Badezimmer und zerrte das Hansaplast aus dem Medizinschrank. Ich musste das abkleben, nicht nur, weil es wehtat, sondern vor allem, um diese nackten Finger aus meinem Blickfeld zu entfernen.

Im Laufe dieses Tages habe ich nicht nur meinen Mann, sondern auch alle meine Fingernägel verloren. Ich werde diesen Tag immer als den schwärzesten Tag meines Lebens in Erinnerung behalten. Hätte ich eine Idee gehabt, wie ich es am besten anstellen könnte, ich hätte mich wahrscheinlich umgebracht.

Alles schien sinnlos, aussichtslos, perspektivlos, ich lag wie erstarrt auf meinem Sofa unter der Decke mit dem Leopardenmuster, dabei hätte ich jubeln müssen. Denn es war der Tag vor meiner letzten Chemo, ich hatte es also fast geschafft. Fast. Ich würde wieder gesund werden, aber wofür, für wen?

Nicht eine Sekunde habe ich daran geglaubt, dass mein Mann wiederkommen würde. Das war es gewesen, so viel war klar. Der Mann hatte seinen wahren Charakter gezeigt, den wollte ich um nichts in der Welt zurückhaben. Ich habe versucht, mir sein Verhalten zu erklären, habe alle Argumente versucht zu sammeln, die für ihn sprechen könnten. Er hatte eine Krankenhausphobie, okay, das hatte ich gewusst. Alle Menschen gehen ungern in Krankenhäuser, aber nicht jeder erklärt das gleich zur Krankheit. Er hatte Angst davor, mit Krankheit in Berührung zu kommen.

Warum? Was eigentlich war geschehen mit ihm, es gab – soweit ich wusste – nichts in seiner Jugend, das seine Abneigung gegen Krankheiten erklärbar machte. Und ich meine damit nicht Krankheiten, die er selbst hatte, sondern Krankheiten seiner Mitmenschen.

Wenn Oliver selbst krank war, dann pflegte Monsieur ausgiebig seine Befindlichkeiten. Mit einem Schnupfen legte er sich ins Bett und schickte mich in die Apotheke, alle Medikamente zu kaufen, derer ich habhaft werden konnte. Und so stapelten sich dann bei einer harmlosen Erkältung Wick MediNight und Grippostad C auf seinem Nachttisch, Hustenbonbons, Vitamin C und Zink-Brausetabletten, Ibuprofen und Aspirin. Alle Stunde musste ich Fieber messen, obwohl seine Temperatur kaum über sechsunddreißig Grad stieg.

Meine Küchenpsychologie reichte für eine Erklärung seines Verhaltens jedenfalls nicht aus. Denn irgendwann einmal hatte er über einen Kollegen von ihm, der häufiger krank war, gesagt: „Krankheit ist Charakterschwäche.“ Hatte mein Mann mir die Krebserkrankung als Charakterschwäche ausgelegt? Hat er gemeint, dass ich selbst schuld sei an meinem Unglück? Das würde sein Verhalten zumindest erklären. Ich verlasse dich, weil du mich im Stich gelassen hast, als du krank wurdest. Genau so hatte er sich verhalten. Und in diesem Moment schwappte die gesamte Frustration der letzten Monate über mich hinweg wie eine Tsunamiwelle, ich hatte das Gefühl zu ertrinken.

An diesem Tag auf meinem gelben Sofa habe ich mir zum ersten Mal erlaubt, meinem Mann böse zu sein. Böse, weil er mich so allein gelassen hatte, mit meiner Angst, mit meinem Elend, mit meinen Schmerzen. Ein Besuch im Krankenhaus war bereits zu viel gewesen, er hatte sich von mir bedienen lassen, obwohl ich gerade frisch operiert gewesen war, er hatte sich von mir versorgen lassen, als ob er der Genesende wäre, der Schonung brauchte. Er hatte sich verhalten, als ob man ihn verletzt hätte, als ob ich ihn aus dem Haus getrieben hätte, mit meiner Unfähigkeit ein Essen zu kochen, das ihm schmeckte. Er ist geflohen vor meiner Hässlichkeit, vor meinem Anblick, den er nicht ertragen konnte, der seine Augen beleidigte, vor meiner Übelkeit, weil das Geräusch seine Ohren belästigt hatte, das durch die Badezimmertür zu ihm drang, wenn er zufällig einmal anwesend war. Er hatte alle Termine, vor denen ich gezittert hatte, vergessen, hatte sie verdrängt, weil sie ihn in seiner Ruhe und Bequemlichkeit gestört hatten. Ich hatte ihm die Gemütlichkeit geraubt. So war es. Und ich hatte gedacht, dass mein Mann mich liebte.

Oliver meldete sich einige Wochen nicht mehr. Ich fragte mich, was er anziehen würde, so viel passte in seine lederne Reisetasche schließlich nicht hinein. Wahrscheinlich hatte er sich neu eingekleidet, ich stellte mir vor, dass er die Hemden, die ich für ihn gewaschen und gebügelt hatte, kontaminiert fand und deshalb vorzog, sich neue zu kaufen. Ich quälte mich mit solchen Gedanken, aber die Qual hatte einen Vorteil, sie machte mich wütend. Und wütend sein ist besser als todtraurig.

Es interessierte mich nicht, in welchem Hotel er schlief, natürlich hätte ich ihn auf dem Handy anrufen können oder bei seiner Arbeit. Aber ich ließ es. Nach der letzten Chemo fühlte ich mich wie unter den Fleischklopfer gekommen, aber gleichzeitig machte sich ein Gefühl in mir breit, das schöner nicht sein konnte: Ich hatte es fast geschafft. Das Schlimmste hatte ich hinter mir. Nicht ich war auf der Strecke geblieben, sondern er. Kurz bevor ich das Ziel erreicht hatte. Langsam, sehr langsam erholte ich mich. Morgens stand ich vor dem Spiegel und betrachtete meinen geschundenen Körper. Die linke Brust mit der Narbe – ich dankte dem lieben Gott, dass man mir die Brust nicht ganz hatte abnehmen müssen – aber ich musste lernen, die neue Form als Teil meines Körpers zu akzeptieren. So sah ich jetzt aus, ich nahm mir fest vor, dazu zu stehen. Ungeduldig wartete ich darauf, dass meine Haare, meine Augenbrauen und meine Fingernägel wieder neu wachsen würden. Ich wusste, jetzt würde ich nur noch die Strahlentherapie absolvieren müssen. Die Ärzte hatten mir von einer tollen Therapie erzählt, bei der die Strahlen ganz gezielt auf die Umgebung des entfernten Tumors geschossen werden konnten. Das würde sehr viel schneller gehen als eine konservative Therapie. Jetzt also sah ich nicht nur Licht am Ende des Tunnels, ich konnte sogar die letzten Meter des Tunnels ganz klar erkennen.

Knapp vier Wochen nach meiner allerletzten Chemo rief *er* an. Er müsse ein paar Sachen holen, sagte er. Wieso warnte er mich vor, dass er nach Hause kommen würde? Wollte er etwa, dass ich mich in der Zeit, in der er seine Sachen packen würde, in ein Café verkrümelte? Ich fragte es ihn, genau so. „Quatsch", sagte Oliver, „aber Geschrei kann ich grad nicht brauchen."

Ach. „Vielleicht können wir ja reden wie zwei vernünftige, erwachsene Menschen", entgegnete ich. Selbstverständlich war mir bewusst, dass für Oliver die Worte „Wir müssen reden" ein Synonym für Streit waren. Deshalb brummte er auch nur etwas Unverständliches. Immerhin hatte er angekündigt, am selben Abend vorbeizukommen.

Den ganzen Tag überlegte ich, ob ich ihm seine Klamotten in einen Koffer schmeißen und vor die Tür stellen sollte. Aber dann entschied ich mich dagegen, so leicht würde ich es dem Kerl nicht machen. Ich war nervös wie eine Natter und schaute alle fünf Minuten zur Uhr, deren Zeiger stillzustehen schienen. Bevor es endlich so weit war, machte ich mich sorgfältig zurecht. Ich klebte mir einzelne falsche Wimpern an, setzte meinen Pixie-Fiffi auf und pinselte mir gesunde Farbe in die Visage. Er war sogar pünktlich. Am liebsten wäre er an mir vorbeigestürmt, aber ich stellte mich ihm vor der Schlafzimmertür in den Weg.

„Wo wohnst du jetzt?“, fragte ich ihn.

„Im NH Hotel in Kleinmachnow“, sagte er. „Ab nächsten Monat habe ich ein Apartment in Friedenau“, ergänzte er den Satz und versuchte, sich an mir vorbeizudrängeln.

„Ich habe dir einen Kaffee gekocht, ich glaube, wir sollten uns mal kurz hinsetzen und unsere Situation bereden“, sagte ich.

„Was gibt es da noch zu reden“, sagte er.

Innerlich musste ich ihm sogar zustimmen, allerdings würde ich ihn nicht so leicht von der Angel lassen. „Ich glaube, das bist du mir schuldig“, sagte ich.

Er brummte etwas Unverständliches, folgte mir aber in die Küche. „Setz dich“, forderte ich ihn auf. Widerstrebend setzte er sich auf die Kante „seines“ Korbstuhls.

„Das bringt doch nichts, Lara, wir müssen uns doch nicht gegenseitig wehtun“, sagte er.

Ich stellte ihm den Kaffee, so leise es mir möglich war, vor die Nase und setzte mich ihm gegenüber. Wie oft hatten wir an diesem Küchentisch die halbe Nacht durchgeplaudert, Wein getrunken, miteinander gelacht und manchmal auch gestritten. „Vielleicht will ich dir wehtun“, sagte ich süffisant lächelnd.

„Du hast mir schon wehgetan, Lara“, sagte er.

„Mit meiner Krankheit, ist es das, womit ich dir wehgetan habe, habe ich dich verletzt mit dem Krebs, sag es mir bitte, ich möchte es verstehen“, sagte ich, für meine Begriffe gefährlich ruhig.

„Lara, ich, nein, du hast mich nicht mit dem Krebs verletzt, das ist es nicht. Aber es tut mir so unendlich weh, dich leiden zu sehen, ich halte das nicht aus, nenn mich feige, von mir aus, aber so ist es. Ich merkte, dass ich nicht mehr nach Hause kommen wollte, dass ich mich hier nicht mehr zu Hause gefühlt habe. Ich kann nicht mit jemandem glücklich sein, der so krank ist.“

„Was glaubst du, hätte ich getan, wenn du plötzlich so krank geworden wärst?“, fragte ich ihn.

„Du hättest mich gepflegt und gepampert, aber das ist auch was anderes“, sagte er.

„Was anderes? Was zum Teufel meinst du damit?“

„Frauen gehen damit anders um, das ist wohl euer Mutterinstinkt.“

„Haben wir jetzt eine Genderdiskussion oder was?“, schoss ich zurück.

„Verdammt, Lara, ich arbeite hart, du weißt, dass ich achtzig, neunzig Stunden die Woche schuften muss, ich brauche abends Ruhe und Frieden und eine Frau.“

„Und du hattest zu Hause weder Ruhe noch Frieden und erst recht keine richtige Frau?“, frage ich ihn.

„Wenn du es so sehen willst“, sagte er und schaute betreten auf den Küchentisch, den er seit Minuten mit den Fingernägeln bearbeitete.

„Ich bin für dich also keine richtige Frau mehr“, sagte ich und die Tränen schossen mir dabei aus den Augen.

„Wir wollten irgendwann doch noch mal einen Sohn haben“, sagte Oliver.

„Und den glaubst du von mir nicht mehr bekommen zu können?“

Oliver schüttelte stumm den Kopf.

„Kinder kriegt man nur, wenn man auch zusammen schläft. Wann hast du das letzte Mal mit mir geschlafen, Oliver? Du ekelst dich vor mir, stimmt's", sagte ich.

Oliver stand auf und schob grob den Stuhl vom Tisch. „Das bringt doch nichts, diese Diskussion, Lara. Es tut mir leid, wirklich, es tut mir so leid für dich, dass du beschädigt bist. Aber ich will leben, Lara, ich erwarte einfach noch etwas vom Leben."

„Ach, und ich etwa nicht?"

Oliver stürzte aus der Küche und schloss sich im Schlafzimmer ein. Am liebsten hätte ich ihm die Obstschale hinterhergeschmissen. Ich war also keine richtige Frau mehr für ihn. Der sollte sich bloß beeilen mit dem Packen, sonst würde ich ihn noch eigenhändig umbringen. Ich dachte an die schönen, neuen, scharfen Küchenmesser, die wir im letzten Jahr in der Metro zusammen gekauft hatten.

Die Strahlentherapie

Brustzentrum Berlin-Mitte. Alles, was ich bis dahin erlebt hatte, war die Pflicht, jetzt kam die Kür. So versuchte ich es mir zumindest einzureden. Ich sollte bestrahlt werden, damit wirklich sichergestellt werden konnte, dass auch die klitzekleinsten Reste des Tumors entfernt werden würden. Zunächst wurde bei einem CT festgestellt, wo sich der Tumor genau befunden hatte. Das war relativ einfach, denn bei der Brust-OP waren an der Tumorstelle Metallclips eingesetzt worden. Dorthin sollten jetzt punktgenau Drähte gestochen werden, genau an die Stelle, die später hochdosiert bestrahlt werden würde.

Ich wurde also gespickt. Die Drähte würden nicht länger als fünf Tage drin bleiben, danach gab es noch fünfundzwanzig normale Bestrahlungen. Dafür musste ich jedoch eine Woche im Krankenhaus bleiben. Eine Woche, die mein Leben veränderte.

„Ich bin Simone", stellte sich meine Zimmernachbarin vor. Was hatte ich doch für ein Glück mit meinen Zimmergenossinnen, auch Simone war mir auf Anhieb sympathisch. Sie hatte ausdrucksvolle, große, dunkelbraune Augen, die aussahen, als ob sie ständig ein wenig feucht wären. Simone war sogar mit ihren braunen Stoppelhaaren noch eine Schönheit, was mich aber sofort gefangen nahm, war ihre dunkle, sanfte Stimme. Bereits am Abend, bevor wir gespickt wurden, hatten wir uns gegenseitig unsere Krankengeschichte erzählt, man wird geradezu begierig darauf, zu hören, wie es bei anderen angefangen hat und wie sie die Zeit während der Chemo überstanden hatten. Dass Simone aber genau das gleiche Schicksal hatte wie ich, darauf kamen wir erst nach dem Eingriff, an dem Tag, als die Bestrahlungen begannen.

Simone war nach mir mit der Behandlung dran. Wir hatten so gut wie keine Schmerzen, nur nachts wurde die Brust ein wenig warm. Wir konnten nicht schlafen, sondern lagen wach in diesem dunklen Krankenhauszimmer. Durch die dünnen Vorhänge drang wenig Licht von außen, unter dem schmalen Spalt unter der Tür sah man einen Lichtstreif vom Flur. Unsere Gespräche wurden immer persönlicher und so sagte Simone am Abend, bevor die Drähte bei uns entfernt werden sollten: „Wieso kommt dein Mann dich nicht besuchen?“

„Ich habe keinen Mann mehr. Den habe ich zusammen mit dem Tumor verloren“, sagte ich tonlos.

„Du also auch“, sagte sie und wir schwiegen eine Weile in die Dunkelheit. Jeder von uns schien seinen Gedanken nachzuhängen, wir hatten so viel Zeit gehabt, nachzudenken, und jetzt, hier, wo es fast schon vorbei war, hatte ich es das erste Mal laut ausgesprochen. Ich hatte keinen Mann mehr. Es war, als ob diese Tatsache erst dadurch, dass ich sie ausgesprochen hatte, in meinem Verstand ankam. Was hatte Simone doch gleich gesagt? „Du also auch“?

Nach einer Weile traute ich mich, in die mit ungeweinten Tränen durchweichte Atmosphäre zu fragen: „Hat dich dein Mann auch verlassen?“

Simone antwortete nicht gleich. Ich hörte, wie sie sich vorsichtig in ihrem Bett aufrichtete und sich das Kissen unter den Kopf stopfte. „Er hat es nicht ausgehalten. Das“, sagte sie. Es klang, als ob sie über einen kürzlich Verstorbenen reden würde.

„Meiner auch nicht“, sagte ich. Ich spürte, dass das nicht traurig, sondern sauer klang. So empfand Simone es wohl auch, denn sie sagte: „Ja, die Wut kommt jede Nacht wieder, wie ein alter Stammgast.“

Ich starrte die Zimmerdecke an und dachte nach. War es so, war ich so wütend, dass ich Nacht für Nacht wach lag?

„Ich weiß nicht“, sagte ich, „ich bin mir noch nicht so ganz sicher, was ich fühle. Es ist schwer.“

Wieder schwiegen wir in die Dunkelheit hinein.

„Wie hat er es dir gesagt?“, fragte ich.

„Er hat gar nichts gesagt“, sagte sie. „Sogar dazu war er zu feige. Er hat mir einen Zettel hingelegt. Als ich nach Hause kam von einer der Chemositzungen, hat mich dieser Zettel empfangen. *Ich kann nicht mehr*, stand da drauf.“

Simones Mann war also noch feiger als Oliver. Dabei dachte ich, es gäbe keine Steigerung.

„Hat es bei euch schon vorher gekriselt?“, fragte ich.

„Nicht mehr oder weniger als in jeder anderen Ehe“, antwortete sie.

„Weißt du, ich bin so sauer, dass ich schreien könnte“, sagte ich.

„Auf ihn oder auf dich?“

„Das ist eine gute Frage“, fand ich. Ja, ich war auf mich sauer gewesen. Denn ich hatte versucht, ihn in Watte zu packen, hatte nichts gefordert, mich versteckt, hatte niemals vor ihm gelitten. „Ich bin total durcheinander. Weil ich einen Mann geheiratet und geliebt habe, den es offensichtlich nur in meiner Fantasie gab. Der Mann, der mich verlassen hat, der Mann, der Oliver, den ich während meiner Krankheit kennengelernt habe, diesen Mann habe ich nicht geheiratet. Ich will diesen Mann auch nicht zurückhaben, ich sehne mich nach meinem alten Oliver."

„Den es nie gegeben hat und den es nie mehr für dich geben wird", sagte Simone.

Ich nickte stumm vor mich hin. Da hatte sie Recht. Wie sollte ich jemals wieder lieben können, jemals wieder einem Menschen vertrauen können, mit der Erfahrung, die ich mit Oliver in den dunkelsten Stunden meines Lebens gemacht habe. „Ich habe wohl eine Illusion geliebt, meine Illusion von Liebe", sagte ich mit rauer Stimme.

„Tun wir das nicht alle?", fragte Simone.

Es war wohl eine rhetorische Frage, aber ich antwortete: „Bei manchen Leuten hält die Illusion dem Alter stand."

„Kennst du jemanden, bei dem es so ist?", fragte Simone.

„Ja, natürlich, ich kenne einige glückliche Paare", antwortete ich schnell. „Meine Eltern, zum Beispiel. Und meine Großeltern."

„Die zählen nicht", sagte Simone. „Die haben es für Geld gemacht."

„Wie bitte?" Das war also nun wirklich weit hergeholt, fand ich.

„In früheren Generationen war die Ehe auch eine Versorgungseinrichtung. Wenn du von jemandem finanziell abhängig bist, dann tust du gut daran, deine Illusion von Liebe künstlich aufrechtzuerhalten."

Ich dachte darüber nach. „Nein, Simone, ich glaube nicht, dass du da hundert Prozent Recht hast. Meine Mutter war gut ausgebildet, die hätte sich auch allein ernähren können. Meine Eltern haben trotzdem eine gute Ehe geführt.“ Belog ich mich da selbst? Szenenfetzen von einer schreienden Mutter und einem brüllenden Vater rasten an meinem inneren Auge vorbei. „Streit gibt es natürlich überall. Aber meine Eltern haben immer zusammengehalten. Und in unserem Freundeskreis gibt es einige glückliche Paare.“

„Genauso glücklich, wie du warst, bevor du krank wurdest“, stellte Simone trocken fest. „Die meisten hatten wahrscheinlich noch keine Gelegenheit, ihre Illusion von Liebe auf die Probe zu stellen.“

„Simone, was willst du mir damit sagen? Dass es keine glücklichen Beziehungen gibt? Dass Liebe grundsätzlich eine Illusion sei?“

Simone schwieg. Lange. Dann sagte sie: „Er ist ein Feigling. Und ich habe es gewusst, von Anfang an. Ich war ja gewarnt. Wir waren schon zusammen in der Schule, weißt du“, sagte sie.

„So lange kennt ihr euch schon, du hast also deinen ersten Mann geheiratet?“, fragte ich.

„Nein“, antwortete sie nach einer Weile. „Im Grunde nicht. Eigentlich war ich in seinen Freund verknallt. Aber der ist von der Schule geflogen. Wegen mir.“

„Hat man euch zusammen erwischt?“, fragte ich.

„Nein, nicht direkt. Er hat mich mit Tobias erwischt. Es war auf einer Klassenreise“, erzählte sie.

„Oh je, diese Klassenreisen. Glaub mir, es ist Schwerstarbeit, einen Sack prall voll testosterongesteuerter Jugendlicher zu hüten." Ich sprach aus Erfahrung.

„Er hat den Klassenlehrer niedergeschlagen", sagte Simone und es klang, als ob sie dabei lächelte.

„Wie jetzt, dein Mann hat den Klassenlehrer niedergeschlagen?"

„Nein, der Junge, in den ich eigentlich verknallt war. Hat ihm sogar die Nase gebrochen."

„Und dafür ist der von der Schule geflogen", stellte ich fest.

„Genau. Und ich habe später Tobias geheiratet. Obwohl er zweifellos daran schuld war, dass mein Freund von der Schule geflogen ist. Ich sage ja, ich hätte gewarnt sein müssen."

„Ich hätte auch gewarnt sein müssen", sagte ich und erzählte ihr von der Totaloperation meiner Schwiegermutter.

„Habt ihr schon über Scheidung gesprochen?"

„Wir sprechen überhaupt nicht mehr miteinander", sagte ich. „Seitdem."

„Seitdem?"

Ich schluckte. Dennoch schaffte ich es nicht, die Tränen zurückzuhalten. Sie schossen mir aus den Augen, heiße, verzweifelte Tränen.

„Seitdem er mir gesagt hat, dass ich ja nun keine richtige Frau mehr sei."

„Aua!"

Ich weinte in das dünne Krankenhauskissen. Simone ließ mich schluchzen, sie kämpfte wohl mit ihren eigenen Dämonen. Ich weiß nicht, wie lange ich das Kissen gewässert habe, aber irgendwann saß sie auf meinem Bett und streichelte meinen Rücken.

„Ich könnte ihn umbringen", sagte sie.

„Ich auch", schluchzte ich und angelte nach den harten, grauen Papiertüchern, die sich auf meinem Nachtisch stapelten.

„Stell dir vor, dieses Schwein nimmt dir außer deiner Würde auch noch alles, was du dir hart erarbeitet hast", sagte sie. „Ach, das ist mir egal", sagte ich und meinte es genau so. Denn das, was er mir genommen hatte, konnte man nicht kaufen. Mein Selbstbewusstsein als Frau. Und ich würde es nie wieder kriegen, weibliches Selbstbewusstsein „war aus".

„Das glaube ich nicht, wenn du mal darüber nachdenkst. Was ist mit eurer Eigentumswohnung? Den Lebensversicherungen, den Geldanlagen, dem Auto?"

Ich schüttelte nur den Kopf. „Klar kann er seinen Anteil an der Wohnung von mir verlangen, wenn ich ihn dann nie wieder sehen muss, ist mir das vollkommen wurscht."

„Mir nicht", sagte Simone. „Er will mich aus dem Haus rauswerfen. Dabei hat er mehr Geld, als er jemals wird ausgeben können. Mein Mann hat eine Unternehmensberatung, der verdient sich dumm und dämlich, im Gegensatz zu mir. Leider haben wir einen ziemlich blöden Ehevertrag", sagte sie.

„Hat er schon die Scheidung eingereicht?", fragte ich.

„Noch streiten wir darüber, wer was bekommt. Er will, dass wir uns in gegenseitigem Einvernehmen trennen. Da kann er lange warten", sagte sie.

Simone strich mir noch mal über den Rücken, stand dann vorsichtig auf und schlurfte zurück in ihr Bett.

Nacht der Entscheidung

Ich habe später oft über diese Nacht nachgedacht. War ich vielleicht wütend auf mich selbst gewesen? War nicht ich es gewesen, die immer wieder Rücksicht auf Oliver genommen hatte, ihn quasi ausgegrenzt hatte aus dem, was mich innerlich bewegte, nein, mich innerlich auffraß? Denn genau so war es, mein Innerstes ist in dieser Zeit aufgefressen worden von meiner Angst und meinen Sorgen. Ich habe mich nur noch um mich selbst gedreht, mich in mir selbst gespiegelt. Habe ich Oliver allein gelassen mit seinem Unglück? Denn auch er war ja unglücklich, das wusste ich doch vom ersten Tag an. War ich nicht genauso unfähig auf ihn zuzugehen, wie er umgekehrt auf mich? Aber in jener Nacht waren die Gefühle des Betrogenseins so stark, dass ich am liebsten laut geschrien hätte. Oliver hatte mich um alles betrogen. Um mein Selbstbewusstsein, um meine Liebe, um meine Illusion von seiner Liebe. Was waren seine Liebesschwüre wert, die er geleistet hatte, in all den Jahren, in denen wir das glückliche Paar gaben? Er hatte es mir prophezeit: „Sag bloß nichts unseren Freunden, Krankheit macht einsam“, hatte er gesagt. Von sich auf andere geschlossen, oder? Vielleicht hätte ich damit leben können, dass er sich zurückgezogen hat, vielleicht hätte ich mir einreden können, dass schließlich ich es war, die ihn ausgegrenzt hatte. Womit ich aber überhaupt nicht leben konnte, war die

Art, wie er mir Good-bye gesagt hatte. Er war so ein riesengroßes Arschloch. Und schon fielen mir alle seine Verfehlungen ein, über die ich in den acht Jahren unserer Ehe großzügig hinweggeschaut hatte. Mein dreißigster Geburtstag, den er einfach vergessen hatte. Die blöde Frage, ob ich gut geschlafen hätte, in der Nacht, als mein Vater starb. Die unzähligen schrecklichen Parfüms, die er mir regelmäßig zu Weihnachten schenkte, obwohl er wusste, dass ich darauf allergisch reagierte. Die Schmuckstücke, die ich mir alle selbst kaufen musste, weil mein Ehemann nicht auf die Idee kam, dass mich ein Brillantring zum Hochzeitstag vielleicht glücklich machen könnte. Die regelmäßigen Skiurlaube, die ich ihm zuliebe antrat, obwohl er wusste, dass ich nichts mehr hasste als Schnee und Kälte. Die noch schrecklicheren regelmäßigen Sommerurlaube in Florida, obwohl er wusste, dass ich noch mehr als Schnee und Kälte brüllende Hitze und Schwüle verabscheute. Ich hatte darüber hinweggeschaut, dass ich ihn nie nach Schottland oder Irland entführen konnte, wo es meine Seele hinzog, ich ihn nie zu einem Wellness-Urlaub habe überreden können oder zu einer Ostsee-Kreuzfahrt. Friss oder stirb, natürlich, ich hätte das ja alles auch alleine machen können, aber dann wäre unsere Ehe bereits vor sechs Jahren beendet gewesen. Ich hatte immer nachgegeben, mich nach ihm gerichtet, was der Herr tat, war wohlgetan. Zum Dank dafür war ich ihm nun nicht mehr gut genug. Keine richtige Frau mehr. Das Schlimmste war, dass ich auf seinen Wunsch hin verhütet habe. Ich hätte so gern ein Kind gehabt, aber er fand, dass wir uns das „für später" aufheben sollten. Später? Wann später? Jetzt war es zu spät! Ich war so wütend, dass es mich nicht mehr im Bett hielt. Ich spürte, dass Simone auch noch wach lag. Ich setzte mich auf die Kante meines Bettes und sagte laut: „Ich könnte ihn umbringen!"

Simone war wach. „Nein", sagte sie, „ich bringe ihn um." Der Mond, der jetzt hinter den dicken Wolken hervorkam, tauchte das Zimmer in ein geheimnisvolles, konspiratives Licht.

„Wie bitte?", fragte ich, weil ich glaubte, nicht richtig verstanden zu haben.

„Ich sagte, ich bringe ihn für dich um."

„Wieso solltest du so was tun?", fragte ich sie.

„Ganz einfach", sagte sie, „weil du dafür Tobias umbringst."

Ich hatte mich also nicht verhört. „Das meinst du doch nicht im Ernst", sagte ich.

„Doch", sagte sie, „niemand würde uns je verdächtigen, weil wir uns ja nicht kennen. So wie in diesem Hitchcock-Film, ich weiß nicht mehr so genau, wie der hieß."

„Du meinst ‚Zwei Fremde im Zug', nach dem Roman von Patricia Highsmith?", fragte ich.

„Genau den meine ich. Niemand weiß, dass wir uns je getroffen haben, wir haben keinerlei Kontakt zueinander, wir haben noch nicht mal miteinander telefoniert."

„Wir liegen zusammen in einem Zimmer im Krankenhaus", sagte ich.

„Na und, wird das irgendwo registriert? Nein. Dass wir zufällig zur selben Zeit im Krankenhaus waren, steht nirgendwo geschrieben, es sei denn, die vergleichen irgendwann unsere Versicherungsakten, aber das tun sie nicht, ich bin bei einer anderen Versicherung als du. Also gibt es keine Möglichkeit, das nachzuvollziehen."

„Aber selbst wenn niemand das nachvollziehen kann, womit soll ich denn deinen Mann umbringen?", fragte ich. „So einfach ist das schließlich nicht."

„Hhm, darüber habe ich noch nicht nachgedacht. Erschlagen? Vielleicht mit einem Stein, von hinten? Oder erdrosseln? Mit einem Hermès-Tuch?"

„Das würde ich mich nie und nimmer trauen", musste ich eingestehen. „Da braucht man ja Kraft, wenn der sich wehrt, wird es übel."

Simone schaute in das Mondlicht und dachte einen Moment nach. „Du hast Recht, man müsste sie erschießen."

„Das macht Krach und woher soll ich eine Waffe nehmen?" Ich hatte schon immer gern Krimis gelesen und gesehen, die Diskussion über die richtige Mordmethode beruhigte mich. Es war fast so, als ob wir einen Katalysator gefunden hätten für unsere Wut.

„Es soll Schalldämpfer geben. Und Waffen kann man kaufen", sagte sie.

„Die sind aber registriert und die kann man nachverfolgen", sagte ich. „Was ist mit vergiften? Das ist bestimmt einfacher."

„Ist das nicht eine typisch weibliche Mordmethode?", fragte sie.

„Du liest wohl auch gern Krimis", stellte ich fest. Ich sah, wie Simone im Mondlicht nickte.

Wir verfielen beide in ein nachdenkliches Schweigen. „Wir sollten unterschiedliche Methoden nehmen, damit man nicht von a auf b schließen kann. Und es müsste einige Zeit zwischen den Morden liegen, ein paar Monate, damit es nicht auffällt."

Wenn ich heute an diese Nacht denke, dann wundert es mich, wie rational wir an die Sache herangegangen sind. Wir haben uns darüber unterhalten, als ob es sich um ein strategisches Problem handelt, das es zu lösen galt, nicht um eine Straftat, bei der unsere zwei Angetrauten das Leben verlieren würden. „Du müsstest anfangen, weil es bei mir eilt", sagte Simone. „Da dein Mann die Scheidung noch nicht eingereicht hat, pressiert es bei dir nicht so doll wie bei mir", sagte sie.

Das leuchtete mir ein. „Und wie würdest du Oliver um die Ecke bringen?", fragte ich sie.

„Du hast mir doch erzählt, dass Oliver jeden Tag zum Grunewald radelt. Ich würde ihn dort abpassen."

„Da bist du doch nie und nimmer allein", gab ich zu bedenken.

„Stimmt", sagte sie. „Wo bewahrt er sein kostbares Rennrad denn auf?", fragte Simone.

„Bis jetzt in der Tiefgarage unseres Hauses. Aber wo er jetzt hinzieht, weiß ich nicht."

„Das müsste man natürlich abwarten, ihn ein wenig beobachten und ihm dann dort auflauern. Vielleicht doch Gift, mit einer Spritze verabreicht", schlug Simone vor.

„Man muss ausschließen, dass man sie nicht richtig tötet und nur anschießt oder krankenhausreif macht, denn dann könnten sie uns später identifizieren."

„Es ist gar nicht so einfach, jemanden um die Ecke zu bringen", sagte Simone.

Ich stimmte ihr stumm zu. Natürlich hatte ich vorher noch nie ernstlich darüber nachgedacht. Aber jetzt wurde mir klar, dass es wirklich eine schwierige Aufgabe war, überhaupt eine Mordmethode zu finden, die hundertprozentig funktionierte.

„Man müsste recherchieren", sagte ich.

„Aber auf keinen Fall irgendwelche Bücher bei Amazon oder so runterladen. Das kann man später immer nachweisen", warnte Simone.

„Dann kannst du auch gleich Google vergessen", wandte ich ein.

„Zuviel ‚CSI' geguckt, was?"

Ich konnte immerhin schon wieder lächeln. Hach, es tat so gut, darüber nachzudenken, wie man es diesen Arschlöchern heimzahlen konnte. „Aber wie recherchiert man, wenn man nicht googelt und sich keine Bücher kaufen kann?", fragte ich.

„Bücher kannst du dir schon kaufen, aber nicht aufbewahren und möglichst nicht in einem Buchladen kaufen, in dem man dich kennt", sagte Simone.

In diesem Moment fiel mir etwas ein. „Sag mal, wie ist das eigentlich mit diesen alten Waffen aus dem Krieg?"

„Was meinst du?", fragte Simone.

„Ich glaube, mein Großvater hatte noch eine Pistole und Munition aus dem Zweiten Weltkrieg aufgehoben. Auf jeden Fall entsinne ich mich, dass mein Vater diese Pistole wohl geerbt hatte und immer in seinem Nachtschrank aufbewahrte, falls mal Einbrecher kommen sollten."

„Das wäre doch perfekt", jubelte Simone, „wenn dein Vater die Pistole noch hätte. Kannst du dir die klauen?"

„Mein Vater ist vor ein paar Jahren gestorben, wenn, dann hat meine Mutter die. Ich müsste meine Mutter fragen“, sagte ich.

„Um Gottes willen!“, warnte Simone. „Du darfst auf keinen Fall schlafende Hunde wecken. Du musst sie suchen, bei deiner Mutter.“

„Ich glaube kaum, dass meine Mutter die Pistole aufgehoben hat, sie hatte immer schreckliche Angst, dass mein Vater sie aus Versehen erschießt.“

„Dann hat sie sie auf keinen Fall weggeschmissen, sondern gut versteckt“, befand Simone.

„Wie kommst du darauf?“, fragte ich.

„Weil sie viel zu viel Angst gehabt hätte, dass irgendein Kind die Pistole findet und damit jemandem wehtut. So würde ich jedenfalls handeln, wenn ich so ein Ding erben würde. Ab damit auf den Speicher oder in den Keller oder sonst wohin, wo niemand rankommt.“

Ich überlegte. Simone hatte Recht. Genau so tickte meine Mutter. Ich musste also auf den Dachboden meiner Eltern.

„Aber selbst, wenn ich die Pistole finde, ist ja immer noch nicht gesagt, dass sie auch funktioniert“, fiel mir ein.

„Das musst du natürlich irgendwo ausprobieren, wo du hundertprozentig alleine bist.“

„Und ich habe überhaupt keine Ahnung, wie man so ein Ding benützt.“ Langsam wurde mir klar, dass eine mögliche Mordwaffe noch lange keine erfolgreich vollzogene Tötung ist.

„Lara, du bist eine intelligente Frau, es gibt nichts, was du nicht lösen kannst. Ich werde ebenfalls eine Methode finden, wie ich deinen Oliver ins Jenseits befördern kann. Es ist alles eine Frage der gründlichen Vorbereitung. Opfer beobachten, planen und zuschlagen. Wobei man natürlich daran denken muss, dass einen selbst niemand beobachtet beim Beobachten.“

Wie wahr sie doch gesprochen hatte, meine Freundin in den dunkelsten Nächten meines Lebens, die Begleiterin in die Abgründe meiner Seele. Simone.

Die Amazonen

Kurz vor sechs kamen sie mit ihrem Wagen, den modernen Foltermethoden und der unerträglich guten Laune. Schwester Karin und Schwester Tuce beendeten unseren nächtlichen Ausflug in die Hölle, denn dass wir genau darin schmoren würden, dessen war ich mir sicher, da ließ sich meine christliche Erziehung einfach nicht verleugnen. Tuce kündigte an, dass sie uns später die Zugänge ziehen würde, denn es war an der Zeit, nach Hause zu gehen. Als geheilt entlassen, nannte das der Oberarzt bei der anschließenden Visite. Als er das Zimmer verlassen hatte, sagte ich: „Geheilt? ‚Körperlich und geistig versehrt entlassen', würde ich sagen."

Simone sagte gar nichts. Sie lag auf dem Rücken und starrte die Decke an, während ich meine Sachen zusammensuchte und den Rollkoffer damit bestückte.

„Du brauchst noch die Adresse von Tobias", platzte sie dann in meine Geschäftigkeit.

Ich stand angezogen vor ihrem Bett und schaute ihr in die Augen. „Du meinst das alles wirklich ernst?", fragte ich.

„Todernst", sagte sie und gab mir ein Foto von Tobias, auf dem hinten seine Adresse draufgeschrieben war. Übermüdet wie wir waren, kicherten wir ob des passenden Vergleichs.

„Wie aber kommst du an die neue Adresse von Oliver?", fragte ich sie, während ich das Foto von meinem

Mann aus meiner Brieftasche zog, wo es aus Gewohnheit noch lagerte. „Oliver sucht eine Wohnung, er wohnt zurzeit noch im NH Hotel in Potsdam."

„Schreib mir doch einfach die Adresse auf, wo er arbeitet", schlug Simone vor. Sie war wirklich mit praktischer Intelligenz gesegnet. Ich kritzelte die Adresse seines Arbeitgebers hinten auf das Foto und dann haben wir uns zum Abschied umarmt.

„Leb wohl, Amazone", verabschiedete ich mich von ihr.

Sie drückte mich sehr vorsichtig an ihren Amazonenbusen und sagte: „Wir werden uns niemals wiedersehen."

In diesem Punkt irrte sie.

Recherche und Bouletten

Hatte ich unser nächtliches Gespräch wirklich ernst genommen? Todernst, wie Simone es angeblich gemeint hatte? Ich weiß es bis heute nicht. Ich fuhr nach Hause in meine leere Wohnung, setzte mich wie damals, nach meiner ersten Diagnose, an meinen Weichholz-Küchentisch und trank einen Kaffee. Wie gut Kaffee schmecken kann, wenn man aus dem Krankenhaus kommt. Meine Gedanken waren weder bei Oliver noch bei unserer Verabredung, mir wurde ganz langsam bewusst, dass ich es jetzt hinter mir hatte. Für alle Ewigkeit. Das hoffte ich jedenfalls. Bald würde mich das Leben wieder haben. Ich würde wieder arbeiten gehen, mit der zwölften Klasse nach London fahren und mit Vierzehnjährigen Hermann Hesse lesen. Ich würde wieder mit Ina nach dem Unterricht durch unsere Lieblingsboutiquen streifen, mich irgendwann vielleicht sogar wieder zum Zumba anmelden und nach einem strammen Spaziergang um den Schlachtensee einen Cappuccino in der Fischerhütte trinken. Ich würde mir jeden Monat bei Hollywood-Nails die Finger in sanften Nude-Tönen lackieren lassen. Vielleicht aber auch in Türkis oder in Himmelblau. Warum nicht. Ich würde mir die Haare wieder lang wachsen lassen. Sie wuchsen langsam nach und ich war fest entschlossen, sie nie wieder schokoladenbraun färben zu lassen. Denn ich hatte während meiner Krankheit auch einiges gelernt.

Zum Beispiel, dass mir mein Straßenköterblond am besten stand. Na ja, ich könnte es ja vielleicht mal mit hellen Strähnchen aufheitern. Ich hatte auch gelernt, nicht ohne Make-up außer Haus zu gehen. Mir stand der Sinn nach Veränderung, nicht nur nach optischer. Aber vor allem hatte ich gelernt, dass ich mehr auf mich und meine innere Stimme achtgeben musste. In den letzten Jahren hatte ich Oliver wie die Sonne umkreist, er war der Mittelpunkt meines Universums gewesen, es drehte sich alles um ihn. Ich würde herausfinden müssen, was ich wollte, was mir gut tat, wie ich leben wollte. Während des Eingriffs hatte ich im Krankenhaus „Liebe dich selbst und es ist egal, wen du heiratest" von Eva-Maria Zurhorst gelesen. Nun ja, der Inhalt des Buches war gut im Titel zusammengefasst. Ich musste lernen, mich wieder ein bisschen mehr lieb zu haben. Nie wieder würde ich auf das sanfte Liebesgeflüster von irgendeinem Kerl hereinfallen, nie wieder würde ich einem Mann weiter trauen, als ich ihn sehen konnte, nie wieder würde ich mich „bis dass der Tod euch scheidet" an einen Mann binden. Nie wieder. Ich würde jetzt mein eigener Herr sein, Quatsch, eine Königin in meinem Reich sein. Ich, ich, ich. Ich flüsterte diese Worte vor mich hin wie ein Mantra. Ich, ich, ich. Warum fiel mir das so schwer? Weil deine Eltern dich so nicht erzogen haben, flüsterte meine innere Stimme. Nein, meine Eltern hatten mich zu einer sozialen Person erzogen, zu einer, die niemandem zur Last fallen will, die Rücksicht auf andere nimmt und ihre eigenen Bedürfnisse hinter denen einer Gruppe zurücksteckt. Bis zu meiner Erkrankung war ich der Meinung gewesen, dass ich genau dazu auch meine Schüler erziehen sollte. Ich fand es höchst erstrebenswert, sozial zu denken. Scheiße. Ich griff in meine Tasche, die ich neben meinem gemütlichen Korbsessel auf die Erde gestellt hatte, und angelte mein Telefon heraus.

Meine Mutter war nach dem dritten Klingeln dran. „Wie geht es dir, meine Kleine“, sagte sie.

Ich liebe meine Mutter, deshalb habe ich ihr erst sehr spät – erst als meine Haare auszufallen begannen – von meiner Erkrankung erzählt. Meine Mutter hat geweint und ich weiß nicht, ob sie geweint hat, weil ihre einzige Tochter so krank war oder weil ich ihr vorher nichts gesagt hatte. Ja, ich hatte sie um die Chance gebracht, mich zum Arzt oder ins Krankenhaus zu begleiten. Ich wollte aber niemanden dabei haben, Mitleid kann ich so überhaupt nicht vertragen. Meine Mutter hat ein schwaches Herz, ich hatte Angst, dass sie der Schlag trifft.

„Ich bin wieder zu Hause. Jetzt ist alles gut“, sagte ich ihr. „Und Oliver?“, fragte sie.

Ach, Mama. Meine Mutter hat Oliver geliebt. Er war der Sohn gewesen, der ihr versagt geblieben war, er war derjenige, der ihr die schweren Wasserkisten ins Haus schleppte und den Abfluss in der Küche reparierte. Er war der Goldjunge, der ihre Tochter glücklich machte. Er hatte sie bei der Beerdigung ihres Bruders gestützt, hatte ihre Urlaubsreisen organisiert und sie in Geldgeschäften beraten. Wenn man Oliver und mich bei meiner Mutter gesehen hätte, dann hätte man geglaubt, Oliver wäre ihr Sohn gewesen und ich die böse Schwiegertochter.

„Oliver sucht eine eigene Wohnung“, sagte ich.

„Warte ab“, sagte meine Mutter, „es wird alles wieder gut. Jetzt, wo du wieder gesund bist.“

Am liebsten hätte ich laut gekreischt. Nichts würde wieder gut werden, niemals wieder mit diesem Mann.

„Nein, Mama, es ist aus“, sagte ich so beherrscht wie möglich.

Meine Mama schwieg und ich konnte ihr Schweigen deuten. Es hieß: „Wirst schon sehen!“

„Magst du heute Abend zum Essen kommen?“, fragte meine Mutter. „Ich habe heute keine Kurse.“ Sie war seit einigen Monaten pensioniert und genoss seitdem ihre Freiheit, indem sie Kurse an der Volkshochschule gab.

„Wenn es dir keine Umstände macht“, sagte ich und wusste, dass es genau das tat. Denn meine Mutter war eine absolute Perfektionistin und sie würde sofort losstürmen, um für das Lieblingsessen ihrer Tochter einzukaufen.

„Ich freu mich“, sagte meine Mutter.

Ich mich auch, fügte ich in Gedanken hinzu, als ich mich verabschiedete.

Ich hätte meinen geliebten Fiat 500 darauf verwettet, dass meine Mutter mir Bouletten mit Kartoffelbrei und Gurkensalat machen würde. Und richtig, als ich gegen sechs Uhr bei ihr einfiel, gab es genau das. Gott sei Dank war das Thema Oliver für meine Mutter mit unserem Telefonat erledigt. Sie umgurrte und umschwirrte mich, fütterte mich wie ein hungriges Spatzenkind und wollte jedes Detail der Brachytherapie wissen. Es war wie früher, als ich noch zu Hause gewohnt hatte. Wir waren meistens zur gleichen Zeit nach Hause gekommen, meine Mutter war Kunsterzieherin gewesen. Wir saßen im Wintergarten in den breiten, ausrangierten Wohnzimmersesseln, die mit beigefarbenem Samt bezogen waren und an der Rückseite von unzähligen Kratzattacken unserer längst verstorbenen Katze Zaza völlig zerfetzt waren, und redeten, bis die Sonne untergegangen war und die Dunkelheit uns einhüllte. Keine von uns hatte Lust, das Licht anzuschalten oder eine Kerze anzuzünden, wir ließen es einfach dunkel werden, die Terrassenleuchte hatte einen Zeitschalter, so dass irgendwann ein fast ungemütliches, helles Licht den kleinen Wintergarten streifte. Wir redeten über die Vergangenheit, erinnerten uns an die Zeit meiner Kindheit, lachten bei der Erinnerung an die Faxen meines Vaters.

„Weißt du noch, wie du immer Angst hattest, dass Papa dich nachts aus Versehen erschießt?“, fragte ich.

„Ich hatte wirklich Angst aufs Klo zu gehen!“, erwiderte meine Mutter.

„Diese olle Pistole war doch sicher so verrostet, dass sie sowieso nicht mehr funktioniert hätte.“

„Von wegen“, sagte meine Mutter. „Papa hat damit mal einen verwundeten Fuchs erschossen.“

Ich staunte, das hatte ich nicht gewusst.

„Ja, der Arme war offensichtlich vor ein Auto gelaufen und hatte sich blutend in unseren Garten geschleppt. Er hat so jämmerlich gejault, dass dein Vater Mitleid bekam. Er hat die Pistole geholt und ihn erschossen.“

„Habt ihr das damals gemeldet?“, fragte ich.

„Gemeldet? Bei wem denn?“, fragte sie zurück.

„Na, beim Revierförster.“

„Quatsch, dein Vater hat ein Loch gebuddelt und den Fuchs darin begraben."

„Die Pistole war also tatsächlich geladen gewesen", sagte ich.

„Und ob. Und da mein Vater ihm ja auch noch die Munition mit vermacht hat, hat dein Papa sofort nachgeladen. Allein dabei habe ich gezittert, ich hatte Angst, er schießt sich selbst dabei ins Knie, du weißt doch, wie ungeschickt er eigentlich war."

Das stimmte, mein Vater hatte sich handwerklich nie sonderlich gut angestellt. Dafür war er ein guter Steuerberater gewesen und hatte außerdem wunderschön singen und Klavier spielen gekonnt.

„Das kann ich mir vorstellen", sagte ich und dachte: jetzt oder nie. „Ich hoffe, du hast die Pistole entsorgt, als Papa gestorben ist."

„Als ob ich irgendetwas entsorgen könnte, was deinem Vater heilig war", protestierte meine Mutter.

„Sag jetzt nicht, dass das Ding immer noch in deinem Nachttisch liegt!" Mein Herz beschleunigte auf doppelte Umdrehungen.

„Nein, natürlich nicht. Aber ich habe oben eine Kiste mit den alten Sachen, da ist alles drin, was dein Vater geliebt hat, all seine völlig unnützen Dinge, die er gesammelt hat."

Mir kam eine Idee. „Sicher auch die Schallplatten?", fragte ich.

„Hast du eine Ahnung, wie viele Schallplatten wir hatten. Und heute hat kein Mensch mehr einen Schallplattenspieler."

„Doch, man kann jetzt über einen USB-Plattenspieler das ganze Zeug digitalisieren", sagte ich.

„Ach, das brauche ich nicht", sagte meine Mutter. „Ich habe unsere Lieder im Herzen und den Rest auf CD."

Ich lächelte in mich hinein, überflüssig ihr zu sagen, dass bald kein Mensch mehr einen CD-Player haben würde.

„Darf ich irgendwann einmal auf den Dachboden und mir ein paar von Papas Schallplatten aussuchen zum Digitalisieren?", fragte ich.

„Natürlich, mein Kind, wann immer du willst."

Als ich an diesem Abend nach Hause kam, ging es mir schon viel besser.

Auf dem Dachboden

Das neue Schuljahr begann, der Lehrkörper hatte mich wieder. Mein Leben kehrte mit kleinen, vorsichtigen Schritten zurück. Ich hatte das Gefühl, aus einem Albtraum aufgewacht zu sein, mit schweren Gliedern und noch ein wenig unsicher, ob ich das alles nur geträumt hatte. Ob das Wort „traumatisiert" wohl daher kommt?

Die Wohnung fühlte sich leer an ohne Oliver, aber es war immer noch meine Wohnung. Wenn ich mich umschaute, so hatte Oliver kaum Spuren hinterlassen, wenn man mal von dem überdimensionierten Fernseher und dem hässlichen, kackbraunen 70er-Jahre-Stuhl absieht, die ich ihm am liebsten hinterhergeschmissen hätte. Seine Schuhe, die er achtlos in die Dielenecke zu pfeffern gepflegt hatte, fehlten mir ebenso wenig wie die Haufen schmutziger Wäsche, die er im Schlafzimmer hinter der Tür regelmäßig angestaut hatte. Ich musste lächeln, als mir der alte Witz einfiel: *Wie heißt es, wenn der Mann abhaut? Schöner Wohnen.*

Tief in mir spürte ich, dass nicht nur mein Körper sich von den Strapazen erholen musste, sondern auch und vor allem meine Seele. War ich noch wütend auf Oliver? Ich durfte nicht darüber nachdenken, wenn ich das Thema verdrängte, dann ging es mir ganz gut. Aber sobald ich an ihn dachte, stieg in mir eine heiße Welle hoch, die ich nur als überschäumende Wut identifizieren konnte.

Es war einer dieser Septembertage, die einem das Herz zerreißen. Ich saß auf meinem Balkon, hielt mein Gesicht in die sanften Sonnenstrahlen und beobachtete eine Spinne, die an einem silbernen Faden durch die Luft schwebte. Aus dem Wohnzimmer drang leise Musik aus dem Radio und ich schaute zufällig gerade auf mein Spiegelbild in der Balkontür, als Mary Hopkins sang: „In the glass, I saw a strange reflection – was that lonely woman really me?“ In diesem Moment war es um meine Contenance geschehen. Ich heulte wie der verwundete Fuchs, den mein Vater erschossen hatte, und bei dem Gedanken an meinen Vater wurde die Sehnsucht nach zu Hause und Geborgenheit so stark, dass ich von meinem Liegestuhl aufsprang, meine Mutter anrief und mein Kommen androhte.

Kaum war ich von meiner Mutter mit Kaffee und dem von mir mitgebrachten Pflaumenkuchen versorgt worden, bat ich darum, auf dem Dachboden die Plattensammlung meines Vaters inspizieren zu dürfen. „Du wirst dich aber schmutzig machen“, warnte meine Mutter und ließ die Hühnerleiter, die in den Spitzboden führte, herunter.

Und da saß ich nun. Auf der Erde, inmitten der gesammelten Hinterlassenschaft meines geliebten Vaters. Da war die Kiste mit den alten Fotos, zum Teil noch handcolorierte Kinderbilder von ihm, später Mama und Papa am Gardasee, meine Eltern auf Gran Canaria, wir alle drei vor einem mit Lametta geschmückten Weihnachtsbaum oder in einer Gondel in Venedig. Kurze Momente des Glücks, festgehalten mit einer Agfa „Klack“, wie mein Vater seine Kamera nannte. In einer anderen Kiste fand ich Vaters Taschenuhrensammlung. Die hatte schon mein Großvater begonnen und Mama und ich hatten uns immer darüber amüsiert, dass mein Vater Dinge sammelte, die nie jemand benützen würde. Aber mein Vater hatte seine Freude daran gehabt, ebenso wie an den vielen Pfeifen, von denen er die meisten nie geraucht hatte. Aus der Pfeifenkiste drang ein scharfer Geruch von Tabaksaft, oben auf lag jedoch eine lange, gebogene Meerschaumpfeife, die noch absolut jungfräulich aussah. In der Kiste fand ich auch seinen schönen, alten Tabakstopf aus Walnussholz. Als ich die Dose öffnete, sprang mich mein Vater regelrecht an, der Geruch seines Tabaks war so überwältigend, dass ich den Topf schnell wieder verschließen musste. Mein Blick fiel auf einen alten Lederkoffer. Das Schloss klemmte ein wenig, aber nach mehrmaligen Versuchen sprang es mit einem lauten Klack auf. Aus dem Koffer quollen Vaters Partituren und Liederhefte. Ich vermeinte noch den wundervollen Bariton meines Vaters zu hören, die Staubkörner tanzten in den Sonnenstrahlen, die durch die kleine Dachluke fielen, einen Wiener Walzer. Ich rutschte auf dem Boden weiter Richtung Wand, da ich dort Vaters Plattensammlung entdeckte. Wahllos griff ich in einen Stapel und zog eine LP heraus. „Switched on Bach" von Wendy Carlos, las ich. Darunter „Bilder einer Ausstellung" von Emerson, Lake and Palmer. Nee, das war eher scheußlich, ich wollte Musik, die mich an meine Zeit in meinem Elternhaus erinnerte. Mein Blick fiel auf Joe Cocker. Schon besser. Die musste mit, ebenso wie Georges Moustaki und Juliette Gréco. Die Pistole. Dafür war ich doch hergekommen, oder nicht? Wo war sie denn nun eigentlich? Ich öffnete noch einige Kartons, in einem befanden sich die Taschentücher meines Vaters, er war nie ohne ein gebügeltes Taschentuch aus dem Haus gegangen, in einem anderen war Vaters Whiskeysammlung untergebracht. Wozu zum Teufel hob meine Mutter so etwas auf? Wie oft muss sie auf den Dachboden geklettert sein, nur um hier die Flaschen heraufzubringen, die nie mehr jemand trinken würde. Hinter den Whiskeyflaschen fand ich eine kleine Kiste. Mein Herzschlag beschleunigte sich ein wenig, als ich die zerschlissene, blaugraue Box öffnete. Die kleine Kiste war innen mit königsblauer Seide ausgelegt und darin lag eingebettet, wie ein kostbares Schmuckstück, die Pistole meines Großvaters. Neben der graublauen Box stand ein kleinerer Karton in der gleichen Machart: Er enthielt genügend Patronen, um meine halbe Schule auszulöschen. Mein Blick fiel auf einen auseinandergefalteten Umzugskarton, der an der Wand stand. Ich faltete ihn zusammen und bettete vorsichtig die beiden blaugrauen Schachteln hinein. Dann sah ich in der Ecke Pezi sitzen, meinen fast zu Tode geknuddelten Plüschbären. Ich entschied, Pezi muss mit. Dem Bären fehlte nicht nur partiell das Fell, sondern auch ein Knopfauge und er verströmte einen zarten Geruch nach niemals wirklich herauswaschbarer Kinderkotze. Darauf drapierte ich Juliette, Georges und Joe, gab noch „Yellow Submarine“ von den Beatles oben drauf und Gilbert Becaud hinterher. Mein Vater war ein wenig frankophil gewesen, aber vielleicht war das früher einfach in Mode. Und dann astete ich die Kiste die Hühnerleiter hinunter, rückwärts, mit einer Hand balancierend und fragte mich, wie meine Mutter diese ganzen Schätze nach oben gebracht hatte, Schallplatten wogen wirklich schwer. Ob sie wohl oben manchmal genauso wie ich eben saß und sich zurück an die Seite ihres Mannes träumte? Ich würde sie nicht danach fragen, es gab Dinge, die sollten einem Menschen ganz allein gehören. Immerhin hatte ich heute eine Pistole und Munition ergattert. Oder war es ein Revolver? Ich nahm mir vor, zu Hause im Internet danach zu recherchieren. Da fiel mir siedend heiß ein, dass ich das ja auf keinen Fall tun konnte. Quatsch, sagte ich mir, ich will die Pistole ja gar nicht benutzen, das war doch nicht wirklich ernst gemeint, dieser Amazonenschwur zwischen Simone und mir.

Der dritte Prozesstag

Heute ist der dritte Prozesstag. Als Erster ist der Ballistiker dran. Der Kriminaltechniker ist ein großer, dünner Mann, der wie viele zu große Menschen eine gebückte Haltung einnimmt, um mit anderen Menschen auf gleicher Höhe zu kommunizieren. Vielleicht will er sich aber auch einfach nur kleiner machen. Sein Name ist Lutz Czarnecki.

„Herr Czarnecki, Sie wurden am 11. Juli zum Tatort in der Schmidt-Ott-Straße gerufen. Bitte teilen Sie uns mit, was Sie dort vorgefunden haben“, bittet Richterin Liesaus. Sie hat heute tiefe Schatten unter den Augen, ich schätze, sie hat schlecht geschlafen. Oder ihre Tage.

„Ich wurde von der 4. Mordkommission angefordert, um am Tatort ballistische Untersuchungen vorzunehmen. Die am Tatort vorgefundenen Leichen wiesen Einschuss-Löcher in ihren Körpern auf, die auf eine halbautomatische Pistole hinwiesen …“

Der Ballistiker redet mit leiser, monotoner Stimme, es fällt schwer, ihm zuzuhören. Außerdem flieht er in Amtsdeutsch, was seine Aussage noch prickelnder macht.

„Nach eingehender Untersuchung des Tatortes wurden zwei Projektile sichergestellt, ein Projektil befand sich in dem Körper des, äh …“, er schaut auf seinen Zettel, „des Oliver Runge.“

Der Staatsanwalt legt ihm Fotos der Patronen vor. „Handelt es sich um diese Patronen?“, fragt er.

„Jawoll, es handelt sich dabei um 9 mm Parabellum-Patronen. Sie tragen die Kennzeichnung 9 mm Luger. Die Patronen wurden von einer Walther P38 mit Schalldämpfer abgefeuert. Die Walther P38 ist ein Rückstoßlader mit kurz zurückgleitendem Lauf und Schwenkriegelverschluss. Sie war die Standard-Dienstpistole der deutschen Wehrmacht. Allerdings wurde die P38 auch in sehr geringer Stückzahl von der Bundeswehr erworben, und zwar mit einem Schalldämpfer im Kaliber 9 mm Parabellum, P38 SD. Diese wurden unter anderem damals an die Fremdspähkompanien ausgegeben, die …“

Ich klinke mich gedanklich aus. Es ist eigentlich egal, mit was für einer Waffe sie getötet wurden. Hauptsache, sie sind tot. Und darüber besteht kein Zweifel.

Anwalt Börner fragt, ob die Waffe gefunden worden sei.

„Nein, die Waffe ist nicht gefunden worden“, sagt der Ballistiker.

„Haben Sie Untersuchungen hinsichtlich der Einschusswinkel vorgenommen?“, will der Staatsanwalt jetzt wissen.

„Selbstverständlich“, sichert der Ballistiker zu. „Der Kopfschuss in die weibliche Leiche lässt relativ genaue Rückschlüsse auf die Größe des Täters zu.“

Ach, durchzuckt es mich, daran habe ich überhaupt nicht gedacht.

„Der Täter hat die Waffe direkt aufgesetzt. Das Opfer hatte eine Größe von 1,72 m. Das Einschussloch befindet sich 8,5 cm unter dem Scheitel, direkt mittig zwischen den Augen. Wir haben die Patrone in der Wand hinter der Leiche in der Höhe von 1,42 m gefunden. Der Pathologe bestätigte, dass die Eintrittswunde 3 cm über der Austrittswunde lag. Das korrespondiert mit der Höhe des Einschussloches in der Wand, so dass festgestellt werden kann, dass der Täter geringfügig größer gewesen sein muss als das Opfer, wir können also von einer Körpergröße von über 1,75 m, eher größer ausgehen."

Der Staatsanwalt scheint genauso wenig beeindruckt wie ich. „Konnte die Herkunft der Waffe anhand der Patronen festgestellt werden?"

Genau, jetzt wird es spannend.

„Die Herkunft der Waffe konnte nicht festgestellt werden, es handelt sich aber eindeutig um eine Waffe aus Wehrmachtbeständen", sagt Czarnecki, „denn es wurden geringfügige Änderungen nach Kriegsende an der P38 vorgenommen, die andere Spuren an den Patronen hinterlassen." Er ergeht sich in der Schilderung der Änderungen, die die Bundeswehrwaffe gegenüber der P38 der Wehrmacht hatte.

„Herr Czarnecki", unterbricht ihn die Vorsitzende Richterin ungeduldig. „Trifft es zu, dass Sie festgestellt haben, dass mit dieser Waffe ein weiterer Mord in Berlin verübt wurde?"

„Jawoll, das ist richtig", sagt Czarnecki.

Nachforschungen

Nein, ich hatte unsere Amazonen-Abmachung nicht ernst genommen. Trotzdem musste ich immer wieder daran denken. Es war, als wenn jemand gesagt hätte, versuche mal, zwei Wochen nicht an dies oder das zu denken, das ist nämlich fast unmöglich, das Unterbewusstsein scheint dann geradezu Schluckauf zu haben. Ich hatte die Kiste vom Dachboden meiner Mutter nach Hause transportiert und ohne sie noch einmal anzuschauen in den Keller verfrachtet. Mitte Oktober war ich so entnervt von dem Schluckauf, dass ich in den Keller schlich und die beiden graublauen Schachteln aus dem Karton barg, den ich vom Dachboden meiner Mutter gerettet hatte. Ich trug die Schachteln in meine Wohnung im dritten Stock und legte sie auf meinen Küchentisch, natürlich nachdem ich die Jalousien heruntergelassen hatte. Bevor ich die Büchse der Pandora öffnete, kochte ich mir erst mal einen Kaffee. Vorsichtig öffnete ich den metallenen Schnappverschluss und wieder schaute mich die Pistole an wie ein kostbares, altes Schmuckstück. Ich musste irgendwo ein Lexikon finden, in dem ich nachschauen konnte, was der Unterschied zwischen einer Pistole und einem Revolver ist. Natürlich traute ich mich nicht, die Waffe in die Hand zu nehmen, ich hatte keine Ahnung, ob sie geladen war. Dafür hielt ich den Kasten unter die Hängelampe. Jetzt sah ich, dass dort auch etwas stand. Ich holte meine Lesebrille aus dem Wohnzimmer und versuchte die Gravur zu entziffern. Dort stand: Carl Walther Waffenfabrik Ulm/Do P.38 Cal.9 mm. Als treuer Krimifan wusste ich, dass es sich also um eine Walther P38 handeln musste und die 9 mm sich auf das Kaliber der Patronen bezog. Na immerhin, jetzt wusste ich, wonach ich in einem Buch suchen musste. Ich schloss den Kasten und versenkte ihn in den Tiefen meines Geschirrschrankes, weit hinter den alten chinesischen Teetassen, die so dünn waren, dass man Angst hatte, dass das Porzellan bricht, wenn man aus Versehen mit dem Zahn drankommt, also dort, wo ich garantiert nicht „aus Versehen" hinlangen würde. Vor dem Ding hatte ich einen Höllenrespekt, genau wie meine Mutter. Ich nahm mir vor, bei meinem nächsten Gang in die City der Buchhandlung Dussmann in Berlin-Mitte einen Besuch abzustatten.

Am Montag, gleich nach der Schule, war es soweit: Ich fuhr Richtung Friedrichstraße, weil ich unbedingt die französische Blutwurst aus dem Lafayette brauchte, wie ich mir als Ausrede zurechtlegte. Anschließend machte ich mich auf zu der Buchhandlung und dort sofort auf die Suche nach geeigneter Sekundärliteratur. Da der Laden riesig ist und mich hier niemand kannte, lief ich kaum Gefahr, dass mich jemand fragte, ob man mir helfen könne, ich war also allein bei der Suche nach Nachhilfe-Lektüre und absolut unbekannt. Dachte ich wenigstens. Es dauerte lange, bis ich überhaupt Literatur zu dem Sachgebiet gefunden hatte, denn ich traute mich natürlich nicht, einen Verkäufer anzusprechen. Meine Angst, dass sich jemand später an mich und mein Interesse erinnern könnte, war riesig. Als ich endlich eine kleine Abteilung mit Büchern der Gattung Waffenkunde gefunden hatte, war ich bereits nass geschwitzt. Ich musste in die Hocke gehen, um die Buchrücken lesen zu können, das Regal mit den Waffenbüchern befand sich tief unter der Gürtellinie und weit unterhalb der Jagd-Literatur. Nachdem ich alle vorhandenen Bände sondiert hatte, entschied ich mich für André Busches „Vorbereitung auf die Waffensachkundigenprüfung für Sportschützen, Waffensammler und das Bewachungsgewerbe". Das hörte sich richtig professionell an und das Inhaltsverzeichnis versprach mir interessante Lektüre.

Froh, endlich Recherchestoff gefunden zu haben, schritt ich zur Kasse. Wie immer musste man anstehen, sie waren hier nicht die Schnellsten beim Kassieren. In dem Moment legte sich eine Hand auf meine Schulter.

Die Waffenspur

„Ein weiterer Mord wurde also mit derselben Waffe ausgeführt“, sagt der Staatsanwalt. Sein Steingesicht scheint jetzt wie gemeißelt.

Czarnecki räuspert sich: „Jawohl, es ist an einem weiteren Tatort ein 9 mm Parabellum-Projektil aufgefunden worden, das die gleichen Spuren aufweist wie die am Tatort in der Schmidt-Ott-Straße beziehungsweise im Körper des toten Oliver Runge gefundenen Projektile.“

„Und es ist hundertprozentig davon auszugehen, dass es sich um dieselbe Waffe handelt?“, fragt Rechtsanwalt Börner.

„Um dieselbe Waffe, also um eine Walther P38, und um denselben Schalldämpfer“, sagt Czarnecki.

„Wie haben Sie das herausgefunden?“, fragt die Laienrichterin.

„Wir haben das Projektil und seine Verformungen in unsere Datenbank eingegeben und hatten dann sofort einen Treffer. Ich habe mich sofort mit meinem Kollegen in Verbindung gesetzt, der dieses Projektil untersucht und in die Datenbank eingepflegt hat“, führt Czarnecki weiter aus.

„Um was für einen Mordfall hat es sich dabei gehandelt? Wer war das Opfer?“, fragt die Vorsitzende Richterin.

„Es handelte sich um den Mordfall Tobias Munich, der am 8. Dezember des Vorjahres in seinem Haus in der

Hüninger Straße erschossen aufgefunden wurde", sagt Czarnecki.

„Es ist also davon auszugehen, dass Tobias Munich am 8. Dezember in seinem Haus in der Hüninger Straße von demselben Täter beziehungsweise derselben Täterin erschossen wurde wie die beiden Leichen in der Schmidt-Ott-Straße", fasst der Staatsanwalt zusammen.

„Zumindest handelt es sich um dieselbe Waffe", sagt der Kriminaltechniker.

Old Stoneface wischt die letzte Bemerkung von Czarnecki mit einer unwirschen Geste fort: „Was haben Sie getan, nachdem Sie den Zusammenhang zwischen den beiden Tatorten hergestellt haben?"

„Ich habe sowohl die 7. als auch die 4. Mordkommission von diesem Zusammenhang in Kenntnis gesetzt."

Die Vorsitzende Richterin schließt den dritten Prozesstag, nachdem keiner der Anwesenden mehr Fragen an den Ballistiker hat.

Schreck im Buchladen

Ich zuckte zusammen, als ob mich jemand beim Klauen erwischt hätte. Als ich mich umdrehte, sah ich, dass ich ausgerechnet meinem Schuldirektor, Herrn Schubert, in die Arme gelaufen war. Mist. Ich war mir sicher, dass der sich später garantiert an unser Treffen und meinen Kauf erinnern würde.

„Was gibt es denn heute Schönes zu lesen?", fragte er mich.

Schade, ich hätte ihm gern einen Jonathan Franzen oder einen Jeffrey Eugenides vor die Nase gehalten. Aber leider hatte ich nur dieses dämliche Buch mit Waffenkunde in der Hand und nicht mal eine literarische Errungenschaft als Tarnung dabei. Ich war so fokussiert gewesen, dass ich gar nicht daran gedacht hatte, für weiteren Lesestoff zu sorgen. Dumm gelaufen. Natürlich beugte er sich sofort über das Buch und las mit erstaunter Stimme den Titel vor. Den ganzen, langen, holprigen Titel. Lauter ging es nicht mehr. Ich spürte, wie sich über mein Gesicht eine peinliche Röte ausbreitete.

„Ganz schön martialisch. Breit angelegte Interessen, nenne ich das", sagte er grinsend. „Wozu brauchen Sie das denn, lernen Sie jetzt schießen?"

Boden, bitte tu dich auf und lass mich verschwinden. Mein Herz pochte, ich fühlte, dass meine Hand anfing zu zittern. Hatte ich ein schlechtes Gewissen? Nein, ich hatte Angst vor Entdeckung. Ich wollte doch nur mal nachgucken. Ich schaute auf seine Auswahl. „Cupcakes & Muffins. Unsere 100 besten Rezepte in einem Backbuch".

„Ich wusste gar nicht, dass Sie backen", trat ich die Flucht nach vorn an.

„Ist ein Geschenk für meine Frau", sagte er mit honigtriefender Stimme.

„Meins ist auch ein Geschenk", gab ich zurück. „Für einen Freund", beeilte ich mich, hinzuzufügen. Ich konnte nur beten, dass er sich später nicht mehr an meinen Kauf erinnern würde. Später? Lara, lass den Quatsch, du liest das rein interessehalber. Es gab überhaupt keinen Grund sich zu verstecken. Oder?

Schießübungen

Der Regen hatte tiefe Pfützen auf dem Alexanderplatz hinterlassen. Es roch nach altem Fett und abgestandenem Bier, aus unzähligen blechernen Lautsprechern drangen uralte Schlager und reißerische Ansagen, Kinder kreischten mit ihren Eltern um die Wette, die Leute schoben und drängelten. Ich lief, mit gesenktem Gesicht, um den Pfützen rechtzeitig ausweichen zu können, über das Oktoberfest hinter dem Roten Rathaus in Berlin-Mitte. Natürlich ging es mir nicht um Zerstreuung, um ehrlich zu sein, hasste ich Volksfeste, aber ich suchte etwas ganz Bestimmtes. Nachdem ich bereits das Oktoberfest am Kurt-Schumacher-Damm unsicher gemacht hatte, musste ich mir etwas Neues einfallen lassen, zu häufige Besuche waren einfach zu auffällig.

„Sie müssen hier durchgucken und da ziehen“, sagte der Mann, der hinter dem Tisch stand, und drückte mir das Gewehr in die Hand.

Das Gewehr fühlte sich gut an. Ich legte an und schoss auf die Rosen, die auf kleinen Plastikhütchen angebracht waren. Zielen, ziehen, Peng! Nächste! Ich war schon immer gut im Zielen und Treffen gewesen, auch wenn es früher nur Dart-Pfeile gewesen waren.

„Sie sind sehr gut“, sagte der Mann hinter dem Tisch, „was möchten Sie haben?“

Eigentlich wollte ich nichts, ich brauchte weder Kunstblumen noch rosa Plüschelefanten. Aber natürlich wollte ich nicht, dass der Mann sich an mich erinnerte, deshalb nahm ich den rosa Elefanten und überlegte, was ich damit tun sollte. Am liebsten hätte ich mit dem kitschigen Ding ein kleines Mädchen glücklich gemacht, aber die Gefahr, später erkannt zu werden, war mir zu groß. Ich musste den Elefanten genauso unauffällig entsorgen, wie die anderen Plüschtiere, die ich bereits geschossen hatte, es hatte sich in meinem Schlafzimmer bereits ein kleiner Zoo angesammelt. Ich recherchierte im Internet nach Hilfe für Flüchtlingskinder. Die Spendenorganisationen wollten alle nur Geld. Aber dann fand ich doch noch eine hilfreiche Adresse: Das Technische Hilfswerk Neukölln sammelte Plüschtiere für Flüchtlingskinder, also packte ich mehrere Pakete und warf sie mit der Adresse des THW in den DHL-Container. Den Absender hatte ich einfach erfunden.

Auch in der Bestimmung der Waffe war ich weitergekommen. Nachdem ich das Lexikon fast auswendig gelernt hatte, wusste ich also, dass ich es bei der Walther P38 nicht mit einem Trommelrevolver, sondern mit einer halbautomatischen Pistole mit Stangenmagazin zu tun hatte. Mein Großvater hatte das Ding offensichtlich nach dem Zweiten Weltkrieg irgendwie in seinen Besitz bekommen. Schade, dass ich meinen Opa nicht mehr fragen konnte, meine Mutter wollte ich damit auf keinen Fall belästigen, wegen der schlafenden Hunde.

Nun war es an der Zeit, dass ich das Ding einmal ausprobieren wollte. Aber wo und wie? Ich konnte ja schlecht auf irgendeinen Schießplatz gehen und drauflosballern. Ich hatte gezählt, es gab noch 67 Neun-Millimeter-Patronen, also genug, um ein paar bei einer Übung zu verschwenden. Angeblich hat die Waffe einen Rechtsdrall. Verschwenden? Übung? Genug? Natürlich erschreckten mich meine Gedanken, die sich ganz offensichtlich öfter verselbstständigten. Ich hatte absolut nicht vor, einen Menschen zu erschießen, ich bin schließlich keine Mörderin. Trotzdem kreisten meine Gedanken um einen möglichen Ort für meine Schießübungen. Ich hatte überhaupt keine Ahnung, wie laut so ein Schuss sein würde. Wahrscheinlich sehr laut, dachte ich. Würde ich irgendwo einen Schalldämpfer bekommen, ohne Spuren zu hinterlassen? Und dann kam mir eine Idee. Ich könnte zur Tat schreiten, wenn halb Deutschland herumballerte. Silvester. Kein Mensch würde zu Silvester auf die Idee kommen, dass ein Knall von einem Schuss herrührt.

Ich stellte fest, dass es gar nicht so einfach war, einen Mord zu planen.

Auf der Pirsch

Der Gedanke an Tobias Munich ließ mich nicht mehr los. Ich musste mir den Kerl wenigstens mal ansehen, dachte ich. Das hieße ja nicht, dass ich ihn auch umbringen muss, sagte ich mir. Ich hatte das Foto mit der Adresse, das Simone mir gegeben hatte, in meiner Küchenschublade unter dem Besteckkasten verbuddelt.

Tobias Munich wohnte laut Simone in einem gemieteten Einfamilienhaus in einer kleinen Wohnanlage in Dahlem. Tagelang überlegte ich, wie ich mich dem Zielobjekt unauffällig nähern könnte. Auf keinen Fall mit dem Auto, sagte ich mir, zu groß wäre die Gefahr, dass sich jemand meine Autonummer merken würde. Autonummer merken? Meine Gedanken, die immer wieder zielgenau in eine Richtung zu wandern schienen, erschreckten mich zutiefst. Ob ich mir ein Auto mieten sollte? Denn als Fußgänger jemanden auszuspionieren, war sicher noch auffälliger als mit dem Auto, in dem man wenigstens sitzen bleiben konnte.

Als mein Fiat 500 in die Werkstatt zum Winterreifenaufziehen und zum TÜV musste, kam mir die rettende Idee. Car2go, diese kleinen, weißen Smarts, die an jeder Ecke in Berlin herumstanden, auf Mieter warteten und den Anwohnern die Parkplätze wegnahmen, waren ideal für eine Beschattung. Niemand würde darauf achten, zumindest nicht nach dem Nummernschild sehen, es war ja schließlich ein Kurzzeitmietwagen. Ich fand mich genial. Und so kam es, dass ich Anfang November, im Schutze der nunmehr früh einsetzenden Dunkelheit, in einem Car2go in die Hüninger Straße fuhr. Die Straße lag mitten im Uni-Viertel, sie führte direkt zur Mensa der Freien Universität.

Ganz so einfach, wie ich mir das vorgestellt hatte, war die Observierung des Hauses allerdings nicht. Denn es lag in einer kleinen Wohnanlage, die man nur über einen privaten Parkplatz in der Mitte erreichen konnte, um den herum die Häuser angesiedelt waren. Ich zögerte lange, aber dann wurde mir klar, dass ich aussteigen musste, hier ging es nur zu Fuß weiter. Also wartete ich so lange, bis wirklich weder ein Auto noch ein Fußgänger zu sehen war, stieg aus und betrat mit zögernden Schritten die gepflegte Anlage. Das Haus C war das dritte rechts in der Reihe. Die Anlage wirkte fast ausgestorben, es parkte nur ein silbergrauer Van in der Mitte und nur in einem der mit roten Backsteinen verklinkerten Häuser gegenüber brannte Licht, die vorderen Fenster neben der Haustür schienen zur Toilette und zur Küche zu gehören. Vorsicht, sagte ich mir, wenn da einer beim Kartoffelschälen am Küchenfenster steht, kannst du wunderbar beobachtet werden. Ich musste also unbedingt zielstrebiger laufen, um nicht aufzufallen.

Manchmal spielt einem das Schicksal direkt in die Hände: Zwischen dem Haus C und D gab es einen schmalen Weg, der zwischen hohen, blickdichten, immergrünen Eibehecken hindurchführte. Wohin? Ich durchschritt den Heckenweg und fand mich unversehens mitten in einer fast rechtwinkligen Kurve einer kleinen Straße wieder. Als ich mich umdrehte, hatte ich einen sehr guten Blick auf die gesamte Rückseite des Wohnhauses. Wenn Tobias zu Hause und das Zimmerfenster und die Terrassentür erleuchtet wären, hätte ich freien Blick. Ich schaute mir an, wie die Straße hieß: Eppinger Straße. Leider war das eine Einbahnstraße. Aber ansonsten schienen mir die örtlichen Gegebenheiten für eine Observierung ideal. Als ich endlich meinen Mietwagen wieder erreicht hatte, ließ ich es für diesen Tag gut sein und fuhr nach Hause.

Ich gebe zu, ich war schon am Computer, um den Stadtplan von Dahlem genauer zu betrachten. Als mir siedend heiß einfiel, dass ich auf keinen Fall irgendwelche Spuren auf meinem Computer hinterlassen durfte, riss ich die Hände von der Tastatur, als ob es eine glühende Herdplatte sei. Verdammt, Lara, sagte ich mir, vor einigen Jahren bist du auch noch mit einem Stadtplan klargekommen. Ich stieg zu meinem Auto herunter und fand mit ein wenig Wühlen in der Zubehörkiste meines Fiats dann auch einen etwas zerfledderten Falk-Plan. Nach dem Studium des Plans teilte ich die zukünftigen Observierungen in zwei Teile. Ich würde zunächst in die Hüninger Straße fahren und sehen, wann Tobias Munich nach Hause kommen würde. Simone hatte auf dem Foto sowohl die Autonummer als auch die Marke und Farbe notiert, so dass ich das sehr einfach ausmachen konnte. So viele Menschen fuhren schließlich auch in Dahlem keinen Maserati. Sobald Munich nach Hause kam, würde ich die Observierung auf den hinteren Teil des Hauses beschränken und dazu in die Eppinger Straße fahren. Nur mal so zum Gucken, beruhigte ich meine Nerven, die beim Gedanken an Tobias Munich zu flattern begannen.

Die Observierung

Ich hielt es genau einen Tag aus, dann war ich wieder in der Hüninger Straße. Diesmal etwas später. Ich musste mich langsam an den Tagesablauf und die Gewohnheiten von Tobias Munich herantasten. Der dunkelblaue Maserati, der in der Novemberdunkelheit schwarz aussah, bog kurz nach zwanzig Uhr in den Parkplatz der Wohnanlage ein. Ich erheischte einen kurzen Blick auf den Fahrer, aber sah ihn nur von hinten, denn ich hatte direkt an der Ecke Garystraße geparkt. Also startete ich den Wagen und rollte langsam an der Einfahrt vorbei.

Tobias war bereits ausgestiegen und verriegelte im Gehen das Auto mit der Fernbedienung. Ich sah kaum mehr als einen dunklen Mann in einem dunklen Mantel in einer dunklen Auffahrt.

Also gab ich Gas und fädelte mich über die nächste Seitenstraße in die Eppinger Straße ein. Die Straße lag da wie ausgestorben, es parkten auch jetzt am Abend nur sehr wenige Autos am Straßenrand, die meisten hatten hier wohl eine Garage. Ich hielt mit laufendem Motor auf der rechten Seite, kurz vor der Kurve. Die hintere Fensterfront mit der Terrassentür von dem Haus von Tobias war jetzt hell erleuchtet. Schrecklich erleuchtet, mit einer Deckenlampe, die ihm der Verkäufer garantiert als Designerlampe verkauft hatte. Man sah ein Sofa in hellem Leder, einen überdimensionierten TV-Bildschirm – das

Accessoire aller getrennt lebenden Männer – und im vorderen Bereich einen rechteckigen Glastisch, um den herum sich ebenfalls in hellem Leder gepolsterte Stühle gruppierten. Das Wohnzimmer strahlte die Gemütlichkeit eines Zahnlabors aus.

Während ich dort mit meinem Car2go stand, rollte ein dunkler Mercedes an mir vorbei und hielt ein paar Meter vor mir. Ich tat so, als ob ich in dem muckeligen Smart etwas suchen würde, und linste über das kleine Steuerrad. Irrte ich mich oder beobachtete der Fahrer des Wagens vor mir das Haus ebenfalls? Ich ging ein wenig höher mit dem Oberkörper: Und richtig, der Mann hatte ein Fernglas an den Augen, das direkt auf das Wohnzimmer von Tobias ausgerichtet war. Zufall? Ich glaubte nicht an Zufälle. So schnell wie möglich weg hier, war mein erster Impuls. Also setzte ich mich auf, tat so, als ob ich gefunden hätte, was ich gesucht hatte, und fuhr langsam aus der Parklücke, in die drei Rolls-Royces gepasst hätten, heraus. Wie beiläufig schaute ich in den Wagen, als ich an ihm vorbeifuhr. Der Mann war so konzentriert auf sein Zielobjekt, dass er nicht mal zu mir schaute. Mehr als einen dunklen Hinterkopf konnte ich nicht ausmachen. Wer war das? Ich musste das herausfinden. Sofort. Wie gut, dass es sich um eine Einbahnstraße handelte. Ich konnte also bis zum Ende der Straße fahren, in die Querstraße links einbiegen und dort einen legalen Parkplatz suchen. Jetzt brauchte ich nur noch zu warten, bis der Beobachter in dem dunklen Mercedes aus der Eppinger Straße herausfuhr und mich an ihn dranhängen.

Verfolgung

Ich befürchtete schon, dass ich ihn übersehen hatte, denn es dauerte geschlagene eindreiviertel Stunden, bis ein dunkler Mercedes die Eppinger Straße verließ. Ich reihte mich mit einigem Abstand hinter ihm ein, was nicht weiter problematisch war, da sich an der Ecke eine Ampel befand, an der er stoppen musste. Der Mann hatte mich nicht bemerkt, da war ich mir sicher. Allerdings nahm ich mir vor, beim nächsten Mal vorsichtshalber einen schicken Mini von drive-now zu mieten. Ich folgte dem Mercedes unauffällig und war geradezu stolz auf meine detektivischen Fähigkeiten. Warum hatte er das Haus von Tobias Munich beobachtet? Oder hatte er mich beobachtet? Ich musste unbedingt herausbekommen, wer der Beobachter war und warum er sich im Schutze der Dunkelheit vor dem Haus meines Opfers herumdrückte.

Meines Opfers? Hallo, Lara, jetzt ist aber Schluss, redete ich mir gut zu und verfolgte den Beobachter weiter Richtung Lichterfelde. Ich hielt meinen Smart in gebührendem Abstand, was bei den kleinen Nebenstraßen in Lichterfelde Ost, die noch mit Kopfsteinen gepflastert waren, gar nicht so einfach war, ohne aufzufallen.

Der Mercedes hielt kurz hinter einer Ecke in der Marienstraße. Ich fuhr einfach weiter geradeaus und parkte direkt hinter der nächsten Ecke, stieg aus und lief zurück zur Marienstraße. Von Weitem sah ich, dass er hinter einem schmiedeeisernen Zaun in den Vorgarten einer großen, gelb geklinkerten Villa verschwand. Im Schutze der Nacht lief ich auf die gegenüberliegende Straßenseite und betrachtete das Haus. Es hatte zwei Etagen und war durch die Straßenlaternen von außen sehr gut beleuchtet. Ich schaute kurz auf mein lautlos gestelltes Handy: Es war bereits nach zweiundzwanzig Uhr. Zu der Uhrzeit war es unwahrscheinlich, dass ich jemandem hier auf der Straße begegnen könnte, beruhigte ich mich.

Nach einer kurzen Weile ging im Obergeschoss in einem kleinen Fenster links das Licht an, es schien sich um das Badezimmer oder das WC zu handeln. Dass ich mit meiner Vermutung richtig lag, wurde klar, als das Licht dort nach einigen Minuten gelöscht wurde und hinter der großen Terrasse mehrere Fenster und eine Terrassentür hell erstrahlten.

Ich lief bis zur großen Straße, die die Marienstraße vorn kreuzte, überquerte die kleine Straße und ging auf der Hausseite zurück. Vor jedem Haus blieb ich stehen und betrachtete die Klingelschilder, so als ob ich das einfach als Sport trieb. Als ich an der schönen alten Villa angekommen war, in der meine Zielperson wohnte, sah ich mit klopfendem Herzen, dass es nur zwei Klingelschilder gab, das obere Klingelschild trug den Namen Schneider. Verdammter Mist, sagte ich mir, wie sollte ich bei so einem Allerweltsnamen die Identität der Zielperson herausbekommen? Da bemerkte ich, dass eine Zeitschrift aus dem Briefkasten ragte. Ich schaute mich um, die Straße war immer noch menschenleer. Vorsichtig zog ich die Zeitschrift heraus und ging in Gedanken leise pfeifend davon, während ich das Magazin unter meinem schwarzen Mantel verbarg.

Als ich endlich zu Hause war, klapperten meine Zähne vor Kälte. Im Schein meiner orangefarbenen Küchentischlampe schaute ich auf „Der Spiegel“, den ich meiner Zielperson geklaut hatte. Und dort klebte ein hübscher kleiner Aufkleber drauf: Florian Schneider, Marienstraße 7, 12207 Berlin. Bingo! Innerlich klopfte ich mir auf die Schulter für den guten Einfall, die Zeitschrift zu stibitzen. Denn der Florian Schneider würde in Berlin entschieden einfacher zu finden sein als irgendein anonymer Schneider. Nein, ich würde heute nicht mehr recherchieren, es war spät und ich musste morgen früh wieder um acht Uhr antreten zu Chaucers „Canterbury Tales“ und den gesammelten Ignoranten vom zwölften Jahrgang.

Mitten in der Nacht wachte ich schweißgebadet auf. Wie zum Teufel sollte ich überhaupt recherchieren, ohne die Hilfe von Big Brother Google? Ich plagte mich mit dieser Frage, bis der Wecker um halb sechs meinen kreißenden Gedanken, die nicht mal eine Maus gebaren, eine abrupte Niederkunft bescherte.

Das Internet-Café

Als alter Krimifan war mir klar: Sollte ich jemals in Verdacht geraten, einen Mord begangen zu haben, würde man alle Computer, zu denen ich Zugang hatte, checken. Damit fielen die Computer in der Schule ebenso aus wie der bei meiner Mutter. Also musste ich in ein Internet-Café und möglichst in eins, das nicht gerade in meiner Gegend lag. Nach der Schule fuhr ich Richtung City Ost. Ich kam mir vor, als ob ich etwas Verbotenes tat, dabei wollte ich doch nur ein wenig recherchieren, ohne Spuren auf meinem eigenen Computer zu hinterlassen. Als ich den Namen „Florian Schneider“ und die Adresse eingab, erhielt ich – nichts. Jedenfalls nichts, was sich auf meinen Florian Schneider an dieser Adresse bezog. Ich versuchte es noch mal mit „Florian Schneider Berlin“ – davon gab es 688.000 Ergebnisse. Nur?

Ich versuchte, mir in Erinnerung zu rufen, was Simone gesagt hatte. Über Florian Schneider hatten wir nicht gesprochen, nur über ihren Tobias. Hatte sie Schneider engagiert, um ihrem Ex hinterherzuschnüffeln? War Schneider Privatdetektiv? Ich versuchte „Schneider“ mit Zusatz „Detektei“, „Privatermittlungen“ und so weiter. Fehlanzeige.

Ich loggte mich mit Olivers Account auf Facebook ein. Auch hier kriegte ich Schneider nicht, aber über LinkedIn. Aha, ein Florian Schneider war in Berlin geboren und aufgewachsen, hatte einen Master in Betriebswirtschaft und arbeitete in einer leitenden Position bei einer großen deutschen Versicherung. Das brachte mich nicht wirklich weiter. Egal, was ich als Suchwort eingab, weitere Spuren hatte Florian Schneider im Netz nicht hinterlassen.

Ich holte mir einen Caffè Latte, während ich überlegte. Vielleicht konnte ich mich über Tobias Munich an ihn heranpirschen. Der Dreh- und Angelpunkt war Tobias Munich, nicht Florian Schneider. Also fütterte ich Google mit seinem Namen. Holla! Der Munich schien sich weniger bedeckt im Netz gehalten zu haben. Über 45.600 Einträge. Na, viel Spaß, Lara. Munich hatte eine private Facebook-Seite, die allerdings durch seine Privatsphäre-Einstellungen kaum etwas preisgab. Offensichtlich hatte er aber Facebook auch für seine Geschäfte genutzt, so dass ich unter seinem Namen diverse Facebook-Seiten fand. Sehr professionell, sehr gediegen: The Munich Group of Companies – was für ein unerträglicher Angeber. Munich Solutions, Munich Executive, Munich Consult, der Kerl hatte nichts ausgelassen. Natürlich hatten alle Firmen seiner „Group“ eigene Webseiten, die ich so nötig brauchte wie einen Kropf. Was ich brauchte, waren private Infos. Ich klickte spaßeshalber mal auf die Bilder. Und da lächelten sie mir entgegen: Tobias Munich und Frau Simone. Während Munich sich selbst offensichtlich nur geschäftlich im Netz präsentierte, war seine stolze Gattin Simone vielleicht ein wenig freizügiger mit privaten Informationen. Also klickte ich auf Simones Facebook-Profil. Simone war offensichtlich ein Selfie-Maniac. Simone im Restaurant, Simone in der Bar, Simone auf der Terrasse, Simone in der Oper. Ich öffnete ihr Album.

Und da kamen dann die Kinderfotos und die Jugendfotos, die sie offensichtlich in liebevoller Selbstbespiegelung eingescannt hatte. Simone mit Schultüte, Simone mit einer Freundin auf dem Fahrrad, Simone in einer Schulklasse. Simone zwischen zwei Jungs, lachend, irgendwo im Wald. Ich ging noch mal zurück zu dem Foto mit der Schulklasse. Die beiden Jungs waren offensichtlich Klassenkameraden, denn auch dort flankierten die beiden Simone. Schulklasse? Moment mal.

Da ich Simones Mädchennamen nicht kannte, versuchte ich es als Nächstes mit „Tobias Munich“ bei Stay Friends. Da war er: ein Tobias Munich in der Herder-Oberschule. Und ein Florian Schneider, ebenfalls in der Herder-Oberschule. Beide in derselben Klasse, beide zusammen auf einem Foto von 1986 mit Klein-Simone in der Mitte. Die Beziehung zwischen ihnen war also klar. Simone, Tobias und Florian waren alte Schulfreunde. Und was soll dir das jetzt sagen, Lara? Es klingelte in meinem Kopf. Simone hatte damals im Krankenhaus erwähnt, dass sie von Anfang an gewusst habe, dass Tobias feige sei. Und sie hatte noch von einem anderen Jungen erzählt, der wegen ihr von der Schule geflogen war. Florian Schneider, könnte ich wetten. Simones Schwarm.

Ich nahm den letzten Schluck von meinem Caffè Latte, der inzwischen kalt geworden war. Halt! Hatte Simone nicht gesagt, dass ihr Schwarm von der Schule geflogen sei? Ich rechnete. Das hieß, Abiturjahrgang circa 1990. Oder 1991. Ich klinkte mich wieder in diese Freundessuchmaschine ein, die Oliver irgendwann einmal in einem Anfall von Nostalgie abonniert hatte. Natürlich kannte ich sein Passwort. Tobias fand ich noch auf dem Herder, sie hatten dort offensichtlich Abitur gemacht. Aber wo war Florian Schneider geblieben? Ich schaute mir noch mal Florians Profil auf LinkedIn an. Und da stand: Abitur 1991 in Berlin. Aber ich fand auf Stay Friends keinen Florian Schneider, der 1991 in Berlin sein Abi hingelegt hatte. Stay Friends weiß auch nicht alles, ich ging also alle Bundesländer durch, es gab diverse Florian Schneiders in der Bundesrepublik Deutschland, aber keinen, der zwischen 1990 und 1993 Abitur gemacht hätte. Seltsam. Ich schaute mir an, wo Florian studiert hatte. Wow! Der Mann war sogar in Harvard gewesen. Kein Wunder, dass er im oberen Management bei einer internationalen Versicherung arbeitete. Halt! Den Namen der Versicherung hatte ich auch auf einer anderen Webseite gesehen. Ich ging noch mal zurück zu den Webseiten von Tobias Munich. Und hier, bei Munich Solutions sah ich sie auf der Kundenliste: die Versicherung, bei der Florian Schneider eine leitende Position hatte. War das eine weitere Verbindung zwischen den beiden? Das war ja spannend. Ich schloss die Seiten und bezahlte.

Was ich dringend brauchte, war ein Fotoapparat. Denn mit meinem Handy würde ich auf keinen Fall Fotos machen, ich brauchte eine kleine Kamera, die ich bei meinen Observierungen benützen konnte. Da es Winter und mithin dunkel war, benötigte ich so etwas wie eine Infrarotkamera. Ob es das im freien Handel gab? Ich fuhr ins Alexa. Dort gab es im Elektronik-Markt Nachtkameras. Und schon war eine davon meine. Dazu packte ich noch mehrere Speicherkarten.

„Was machen Sie denn hier, Frau Runge?“, hörte ich einen erstaunten Ausruf, als ich an der Kasse stand.

Oh je, diese Stimme kannte ich, das Schulekel vom elften Jahrgang. „Das Gleiche wie Sie“, antwortete ich, als ich mich umdrehte. War ich etwa rot geworden? Was, so fragte ich mich, machte ein Schüler der elften Klasse aus Steglitz in einem Einkaufszentrum am Alexanderplatz, vierzehn Kilometer von seinem Stadtteil entfernt? Nein, darüber wollte ich jetzt nicht nachdenken, ich setzte darauf, dass das Ekel genauso gute Gründe hatte, über unser unerwartetes Treffen zu schweigen, wie ich.

Auf dem Nachhauseweg überlegte ich, ob ich es später wagen könnte, die Fotos auf den Speicherkarten auf meinem Computer anzuschauen. Ich entschied mich dagegen, kein Risiko eingehen.

Am nächsten Abend machte ich mich wieder auf den Weg zu dem Haus von Tobias Munich, diesmal kurz nach einundzwanzig Uhr. Ich fuhr langsam durch die Hüninger Straße und sah seinen Maserati im Hof parken. Munich war also zu Hause. Natürlich schaute ich mir die parkenden Autos an, es gab zwar etliche dunkle Mercedes-Limousinen, aber keine hatte das Kennzeichen, das ich mir gestern aufgeschrieben hatte. Also ab zum Hintereingang, sagte ich mir und fuhr vorsichtshalber einmal komplett durch die Eppinger Straße. Kein Mercedes, kein Florian Schneider.

Ich drehte eine Runde, bog erneut in die Eppinger Straße ein und hielt in der Kehre. Tobias Munich hatte die Terrassentür weit geöffnet, man sah seine Silhouette vor dem hell erleuchteten Wohnzimmer, er schien auf der

Terrasse eine Zigarette zu rauchen. Ich hatte am Nachmittag meine neue Kamera so vorbereitet, dass ich den Blitz aus und die Datums- und Zeitangabe eingeschaltet hatte. Also machte ich probehalber das erste Foto von meiner Zielperson. Man konnte nicht viel erkennen, wie ich auf dem Display feststellte, aber besser als nichts. Ich würde mir die Gegebenheiten einmal bei Tageslicht ansehen müssen. Viel wichtiger war es, herauszufinden, warum Florian Schneider gestern hier geparkt hatte. Also entschied ich mich, die Bewachung von Tobias Munich für heute zu beenden und stattdessen in der Marienstraße zu schauen, ob Florian Schneider bereits zu Hause war.

Der erste Mord

Später habe ich oft darüber nachgedacht, was mich eigentlich dazu bewogen hatte, Florian Schneider zu observieren. Ich kannte den Mann nicht, er hatte mir nichts getan, ich wollte auch nichts mit ihm zu schaffen haben. Warum also fuhr ich in die Marienstraße? War es der Bruch in seiner Biografie? Wollte ich mehr über Simone und ihr Leben erfahren?

Ich hatte herausgefunden, dass man das Haus sehr gut von den Ecken der Nebenstraße beobachten konnte. Und da stand ich nun, abwechselnd in meinem eigenen Wagen, in einem drive-now Mini oder in einem Car2go Smart. Es war wie eine Sucht, irgendwas zog mich an diesem Mann magisch an. Die Observation von Tobias Munich hatte ich aufgegeben, da diese mir unerheblich erschien. Ich wusste, wo er wohnte, ich wusste, wie die Sichtverhältnisse in der Hüninger Straße waren. Er neigte dazu, sehr spät nach Hause zu kommen, der Mann arbeitete eindeutig zu viel. Zweimal in der Woche kaufte er bei Reichelt seine Lebensmittel ein. Eine Freundin schien er nicht zu haben. Der Mann war so langweilig, dass man mit dem Kopf auf das Lenkrad knallte.

Ganz anders Florian Schneider. Außer seinem Namen und seiner Adresse wusste ich nichts von ihm. Dabei hatte ich von ihm selbst auch nur wenig gesehen, er bestieg seinen Wagen in der Garage der Villa. Er war ein gut aussehender Mann mit dunklen, an den Schläfen bereits leicht ergrauenden Haaren. Ich sah ihn einmal morgens wegfahren, an einem Tag, an dem ich erst zur dritten Stunde antreten musste, da habe ich ihn verfolgt. Er fuhr nach Berlin-Treptow und verschwand in einer Tiefgarage an den Treptowers.

Nachts lag ich stundenlang wach und überdachte die Situation. Was heißt überdachte, die Gedanken rasten an mir vorbei wie Wolkenfetzen, getrieben von einem strammen Novemberwind. Wo konnte ich die Pistole ausprobieren? Ich hatte immer noch keine Ahnung, wie ich das bewerkstelligen sollte. Meine Gedanken drehten sich um Florian Schneider, der Mann war fast so etwas wie eine Obsession geworden. Ich versuchte es mit Logik. Ich musste sichergehen, dass Schneider mich nicht überraschte, wenn ich Tobias Munich erschießen würde. Hatte ich das wirklich gedacht? Ich wollte den Munich doch gar nicht erschießen, das Ganze war eine Schnapsidee, geboren aus Wut und Verzweiflung. Und kaum dachte ich an Oliver, wenn auch nur entfernt, dann schrie mir eine Stimme ins Ohr: „Du bist doch keine richtige Frau mehr!“ Schon war sie wieder da, die Wut und die Verzweiflung. Nein, ich weinte nicht, ich tobte in meinem Bett, ich prügelte meine Kissen und trat die Matratze. Diese Nächte durchlebte ich wie Fieberträume, und wenn ich dann endlich eingenickt war, mordete ich in meinen Albträumen. Nicht mit einer Pistole, auch nicht mit einem Messer, aber ich mordete und meine Opfer hatten ein Gesicht. Es war nicht das Gesicht von Tobias Munich, auch nicht das von Florian Schneider, warum auch.

Es war das Gesicht von meinem Mann Oliver. Und das Gesicht von Simone. Warum Simone? Ich wusste es nicht. Wenn ich dann schweißgebadet von meinen eigenen Schreien erwachte, dann sah ich Simone vor mir. Sie lächelte mir aufmunternd zu. Trau dich, schien sie zu flüstern.

Gegen diese Albträume half nicht mal eine heiße Dusche. Ich stand manchmal eine halbe Stunde unter einem siedend heißen Strahl, aber die Bilder vor meinem geistigen Auge wollten nicht verschwinden. Wurde ich jetzt langsam verrückt? Hatte ich etwa Metastasen im Gehirn? Bei diesem Gedanken fing ich an vor Angst zu zittern und erneut zu schwitzen. Ich fürchtete, paranoid zu werden. Tagsüber absolvierte ich meinen Unterricht, korrigierte Klassenarbeiten, arbeitete Lehrpläne aus. Wer war Florian Schneider? Diese Frage drängte sich immer öfter auch tagsüber in meine Gedanken.

Der Dezember war angebrochen und ich hatte meine Pistole immer noch nicht ausprobiert. Dafür hatte ich viele schöne Fotos von Florian Schneider. Schneider bei Kaiser's, Schneider beim Work-out, wobei mir meine eigene Mitgliedschaft im Fitness-Club sehr zu passe kam. Schneider in der Tiefgarage, Schneider auf seiner Auffahrt. Alles Schneider oder was? Nur in die Eppinger Straße war Schneider nicht mehr gefahren. Jedenfalls nicht abends und am Wochenende. Ich sollte Schneider aufgeben, aber sag einem Junkie, er soll aufhören, Dope zu kaufen. Und so kam es, dass ich eines Abends mit meinem eigenen Fiat in der Marienstraße stand und plötzlich kurz nach acht Schneiders Mercedes aus der Ausfahrt fuhr.

Ich war geradezu erleichtert, dass endlich einmal Bewegung in die Angelegenheit kam, denn in meinem parkenden Auto war es natürlich eiskalt, vor allem, weil ich die Fenster ein wenig offen lassen musste, damit die Scheiben nicht von innen beschlugen. Also setzte ich mich auf Schneiders Fährte und verfolgte ihn bei voll aufgedrehter Heizung.

Er fuhr in das Parkhaus der „Welle“ und ging, bewaffnet mit seiner Sporttasche in das Fitness-Center. Komisch, dachte ich mir, normalerweise trainierte er früher und normalerweise fuhr er direkt von der Arbeit zur Welle. Da ich selbst nur meine Notfall-Sportklamotten im Auto hatte, verzichtete ich auf einen Besuch des Sportclubs. In diesem Moment wurde mir wieder einmal die absolute Sinnlosigkeit meines Tuns offenbar und gleichzeitig meldete sich mein Magen mit einem lauten Knurren. Ich entschied, dass es Zeit war, die Observation abzubrechen.

Ich fand eine Parklücke in der Clayallee in der Nähe der Trattoria Incontri und beschloss, dem Italiener einen Besuch abzustatten. Es war Zeit für eine große Portion Spaghetti. Natürlich setzte ich mich so, dass ich den Eingang der Welle im Blick hatte – Macht der Gewohnheit.

Es war höchstens noch ein Löffel Puttanesca auf meinem Teller, als mein Blick auf die Eingangstür des Fitness-Centers fiel. Da es dahinter erleuchtet war, konnte man natürlich nur Silhouetten wahrnehmen. Aber diese Silhouette war mir bekannt, das war eindeutig Florian Schneider.

Ich bat den Kellner, bezahlen zu dürfen, während ich

Schneider nicht aus den Augen ließ. Er ging nicht, wie ich erwartet hatte, ins Parkhaus, sondern steuerte auf die Ampel in der Clayallee zu. Ich hatte gerade bezahlt, als ich sah, dass sich Schneider direkt vor der Tür des Restaurants an die Straße gestellt hatte.

Was wollte er da? Er stand mit einem Bein auf dem Bürgersteig, mit dem anderen auf der Straße. Er hatte auch nicht den langen Mantel an, den er getragen hatte, als er ins Fitness-Center gegangen war. Schneider war in Jogginghose und in ein dickes Kapuzen-Shirt gekleidet. Schwarz natürlich, genauso schwarz wie die Nacht draußen. Dazu trug er einen Rucksack. Eine merkwürdige Verkleidung, fand ich und ging, ohne ihn eines offensichtlichen Blickes zu würdigen, zu meinem Auto.

Florian Schneider schien auf ein vorbeifahrendes Taxi zu warten. Ich machte erst mal ein Foto von ihm, wie er da so an der Ampel herumhampelte, und einer Taxe, die sich mit erleuchtetem Schild näherte, wild gestikulierte. Wieso hatte er kein Taxi bestellt, fragte ich mich. Der Taxifahrer hatte ihn erspäht und fuhr rechts ran. Während Schneider einstieg, startete ich meinen Wagen. Gemächlich fuhr ich aus der Parklücke und machte mich an die Verfolgung der Taxe. Ich musste höllisch aufpassen, damit ich sie nicht in der Dunkelheit mit einer anderen Taxe verwechselte, fünfzig Prozent aller Droschkenkutscher fuhren einen Mittelklasse-Mercedes.

Als ich sah, dass Schneider Richtung Dahlem fuhr, spürte ich ein aufgeregtes Kribbeln im Magen. Kurz vor der Ecke Thielallee stieg er aus. Wo um Gottes willen wollte der hin? Ich fuhr eine große Schleife und heftete mich dann in gebührendem Abstand an seine Fersen. Schneider ging schnurstracks die Thielallee auf der linken Seite hinunter. Ich tat so, als suchte ich einen Parkplatz vor dem Restaurant Romana an der Ecke, und behielt ihn dabei im Auge.

Nein, er bog nicht, wie ich zunächst gedacht hatte, links in die Breisacher Straße ein, sondern beschleunigte seinen Schritt Richtung Garystraße. Ich überholte ihn und bog lange vor ihm in die Hüninger Straße ein, wo ich einige Häuser hinter der Anlage von Munich einen Parkplatz fand, gerade noch rechtzeitig, bevor Schneider um die Ecke bog. Ich sah im Seitenspiegel, wie er sich umschaute, ob ihn jemand beobachtete. Aber die kleine Straße lag wie ausgestorben da, im Gegensatz zu der Garystraße, wo durch die Uni selbst zu dieser Tageszeit noch Betrieb war. Er lenkte seine Schritte schnell Richtung Parkplatz des kleinen Anwesens.

Kaum war er aus meinem Sichtfeld verschwunden, startete ich den Wagen und fuhr in die Eppinger Straße, in der Hoffnung Munich und Schneider gemeinsam in Munichs Wohnzimmer zu sehen. Als ich dort Position bezogen hatte, sah ich, dass eine schwarze Silhouette, die ich sofort als Schneider identifizierte, die Terrassentür öffnete. Er schaute sich draußen nach rechts und nach links suchend um. Genau in diesem Moment hatte ich meine Kamera griffbereit und klick, Schneider auf Munichs Terrasse war für die Ewigkeit festgehalten. Ich nahm die Kamera einfach nicht mehr von den Augen, sondern zoomte voll auf Schneider, der sich jetzt in die Dunkelheit des Gartens begab und an der Hinterseite des

Grundstücks zwischen der Hecke und dem Nachbarszaun hindurchschlüpfte. Ich machte weitere Fotos, wie er auf dem Bürgersteig der Eppinger Straße zurückspazierte, senkte dann aber meinen Kopf unter das Armaturenbrett, weil ich auf keinen Fall von ihm bei der Observierung erwischt werden wollte. Was war eigentlich mit Munich, fragte ich mich, während ich in der Dunkelheit und Kälte meines Fiat 500 mit eingezogenem Kopf hockte.

Ich lauschte auf seine Schritte, die in der menschenleeren Vorstadtstraße hallten. Er lief nicht schnell, aber er schlenderte auch nicht. Die Schritte entfernten sich entgegen der Einbahnstraßenrichtung. Sollte ich Schneider weiter verfolgen? Aber was war mit Munich? Wieso war Schneider abgehauen? Denn abgehauen war er, so viel stand fest.

Ich entschloss mich, Schneider Schneider sein zu lassen, und statt zur Welle, wohin er zweifelsohne zurückkehren würde, zum Vordereingang von Munichs Haus zu laufen, sobald die Luft rein war. Wieso hatte Schneider sich so aus der Welle weggeschlichen? Ich wusste, wie er es gemacht hatte, und das ließ darauf schließen, dass er ein Alibi benötigte. Wofür, fragte ich mich? Schneider hatte genau das in der Welle getan, was viele Mitglieder tun. Die Garderoben befanden sich im Untergeschoss. Anstatt nach dem Umziehen eine steile Treppe zum offiziellen Ausgang zu nehmen, wo man mit seiner Karte auscheckt, nahmen viele Mitglieder einfach die Abkürzung durch die Garderoben für die externen Schwimmbadbenutzer. Schneider hatte sich also ein Alibi besorgt, denn im Fitness-Club war er immer noch als anwesend registriert. Er würde jetzt zur

Welle fahren und warten, bis jemand herauskam, und durch die untere Tür wieder hineinschlüpfen.

Ich wartete also weitere fünfzehn Minuten in meinem Auto, bis ich mir ganz sicher sein konnte, dass Schneider nicht zurückkam, weil er irgendwas vergessen hatte. Dann stieg ich aus und schlich mich in der Dunkelheit durch die schmale Gasse zwischen den hohen Eibehecken hindurch zum Vordereingang des ziemlich hell erleuchteten Hauses. Auf der Seite war das Haus mit einem schmalen Erker über zwei Stockwerke hin ausgestattet, durch den ein sehr helles Licht auf den kleinen Platz vor dem Heckenweg fiel. Leider waren diese Riesenfenster so hoch angebracht, dass man nicht von draußen hineinsehen konnte.

Ich bog um die Ecke und schaute auf die Vordertür des Hauses, die ungefähr drei Meter hinter den Vorplatz zurückgesetzt lag. Das Fenster rechts, das ich bei meinem ersten Besuch als Küchenfenster ausgemacht hatte, war erleuchtet. Durch das Fenster links vom Eingang fiel zwar ein Lichtschein, aber der kam offensichtlich durch die geöffnete Toilettentür. Hektisch schaute ich mich um, ob mich irgendwer beobachtete. Es schien alles ruhig, in keinem der Häuser war irgendwo auf der Vorderseite mehr als ein Lichtschein zu sehen. Trau dich, Lara! Das kleine Fenster vom WC selbst stand offen. Also gab ich ihm einen kleinen Stoß, in der Hoffnung, etwas sehen zu können. Und dann sah ich ihn. Beziehungsweise seine Beine, die ausgestreckt auf der Erde hinter der geöffneten Toilettentür lagen. War er umgekippt? Selbst wenn ich mich auf die Zehenspitzen stellte, konnte ich nicht mehr sehen als zwei Fußspitzen und merkwürdig verdrehte Unterschenkel.

Was sollte ich tun? Von hinten reinlaufen und schauen, ob er Hilfe brauchte! Ich rannte also den Weg zurück und zwängte mich zwischen Zaun und Hecke auf demselben Weg in den Garten, über den Florian Schneider abgehauen war. Ich lief über die Terrasse in das Wohnzimmer, in dem auf dem großen Fernseher gerade die Tagesthemen liefen. Ich rief laut „Hallo“, bekam aber keine Antwort, nicht mal ein Stöhnen.

Und dann stand ich vor ihm, er lag in einer kleinen Diele zwischen einem Windfang und der Toilette. Ich rief: „Hallo, brauchen Sie Hilfe?“, aber ich bekam keine Antwort. Dass ich auch keine bekommen würde, sah ich, als ich mich über ihn beugte. Tobias Munich war tot. Seine kalten Augen starrten mich entsetzt an. Ein hässliches, schwarzes Einschussloch zierte seine Stirn. Es sickerte nur sehr wenig Blut heraus.

Der vierte Prozesstag

Heute ist der vierte Prozesstag. Jetzt also haben wir drei Morde. Deshalb ruft der Staatsanwalt den Rechtsmediziner Peter von Dinslaken auf, der mit der Leiche von Tobias Munich befasst war. Man sieht Dinslaken an, dass er diesen Termin so schnell wie möglich hinter sich bringen will. Er rutscht unruhig auf dem Stuhl hin und her, scheint kaum zu wissen, wohin mit seinen langen Beinen. Wie unterschiedlich die Sachverständigen doch sind. Der eine Rechtsmediziner war kaum zu stoppen gewesen und hat seine Sachkunde vor Gericht geradezu genossen, während Dinslaken den Eindruck macht, als ob er sich am liebsten unter dem Zeugenstühlchen verstecken würde.

„Sie wurden am Abend des 8. Dezember zu einem Tatort in der Hüninger Straße in Dahlem gerufen", versucht der Staatsanwalt den Zeugen anzustupsen.

„Ja", erwidert der Rechtsmediziner. Sehr eloquent.

„Was haben Sie am Tatort vorgefunden?", will der Staatsanwalt wissen.

„Die Leiche des Bewohners Tobias Munich lag im Eingangsbereich des Hauses in der Hüninger Straße", beginnt der Zeuge, wobei er den Satz mehrmals durch ein nervöses Hüsteln unterbricht.

Der Staatsanwalt zeigt einen Grundriss des Gebäudes und bittet den Rechtsmediziner, die genaue Lage der Leiche zu zeigen. Ich frage mich, was der Quatsch soll, denn es gibt ja genügend Fotos mit der Leiche und genügend Fotos, auf denen die Lage der Leiche eingezeichnet ist. Deshalb zeigt von Dinslaken auch nur kurz auf die kleine Diele im Grundriss.

„Wann sind Sie im Haus von Tobias Munich eingetroffen?“, fragt die Richterin mit dem Pferdeschwanz.

„Die 7. Mordkommission hat mich gegen zweiundzwanzig Uhr verständigt, ich bin laut Protokoll um zweiundzwanzig Uhr achtunddreißig am Tatort eingetroffen.“

„Wie lange war Tobias Munich Ihrer ersten Einschätzung nach da schon tot?“, fragt der Staatsanwalt.

„Maximal eine Stunde“, sagt der Rechtsmediziner. „Er wurde durch den Schuss aus einer Pistole in die Stirn getötet.“

„War der Schuss sofort tödlich gewesen?“, fragt Richter Geiernase. Ich bin erstaunt, bisher war der Richter nicht durch übermäßige Neugier aufgefallen.

„Ja.“

„Wie hat sich Ihres Erachtens nach die Tat in der Hüninger Straße abgespielt?“, schaltet sich Anwalt Börner ein.

„Ich gehe davon aus, dass der Täter an der Vordertür geklingelt hat. Als Tobias Munich ihm die Tür öffnete, hat er ihn mit der Pistole in das Haus gedrängt und direkt hinter dem kleinen Windfang erschossen.“

Der Staatsanwalt zeigt wieder den Grundriss und bittet von Dinslaken, den Weg des Mörders zu zeigen.

„Hat sich das Opfer gewehrt?“, fragt die Vorsitzende Richterin.

„Nein. Es gab keine Abwehrverletzungen, wenn Sie das

meinen. Und der Körper hat sich auf dem Boden nicht mehr bewegt."

„Können Sie die Größe des Schützen angeben?"

„Aufgrund des Winkels der Eintrittswunde und der Austrittwunde sowie aufgrund der Höhe des Einschussloches in der hinteren Wand kann davon ausgegangen werden, dass der Täter größer als 1,78 groß war."

„Wurde fremde DNA auf der Leiche gefunden?"

„Nein."

„Ist das nicht ungewöhnlich?", fragt die Laienrichterin.

„Nein. Vor allem nicht im Winter. Wenn die Menschen mit Handschuhen, dicken Mänteln und Mützen rumlaufen."

In Panik

Der Mann war tot, mit zwei t. Ich konnte ihm nicht mehr helfen. Erschossen. Von Florian Schneider. Nein, ich habe nicht geschrien. Ich stand in dieser kleinen Diele über Tobias Munich gebeugt und ganz langsam tröpfelte die Erkenntnis in mein Bewusstsein, dass ich in der Scheiße saß. Und zwar knietief.

Hatte ich etwas angefasst? Nein, ich war ungehindert und ohne mich festzuhalten hier hineingelaufen. Außerdem trug ich bei der Kälte Lederhandschuhe. Hatte mich draußen irgendwer gesehen? Siedend heiß fiel mir ein, dass ich sogar mit meinem eigenen Auto gekommen war, das wie auf dem Präsentierteller in der Kehre direkt vor Munichs Haus stand. Ich konnte nicht nachprüfen, ob mich jemand gesehen hatte, ich würde auf mein Glück vertrauen müssen. Ich konnte auf keinen Fall die Polizei rufen, wie sollte ich denen auch erklären, was ich hier tat?

Aber ich hatte doch die Fotos von Florian Schneider. Automatisch griff ich zu der Kamera in meiner Manteltasche und machte Fotos von dem toten Tobias Munich. Die Gedanken rasten durch meinen Kopf wie eine Fliege, die sich in einer Lampe verirrt hatte, und stürzten genauso laut surrend immer wieder ab. Ich musste hier so schnell wie möglich weg.

Hatte ich irgendeine DNA-Spur hinterlassen? Ehrlich

gesagt, trotz jahrzehntelanger Krimierfahrung hatte ich echt keine Ahnung, ob ich hier mit Hautschüppchen freigiebig um mich geschmissen hatte. Und noch weniger Ahnung hatte ich, ob es irgendwo von mir so etwas wie ein gespeichertes DNA-Profil gab. Soweit ich wusste nicht, aber wie weit weiß man das?

Raus hier, schrie mich meine innere Stimme an. Doch irgendwie war ich taub für sie. Was ich allerdings hörte, waren Schritte. Auf dem kleinen Weg draußen, der zur Tür führte. In dem Moment, als es klingelte, setzte ich zum Spurt an. Ich rannte aus dem Haus hinaus in die Nacht und zwängte mich durch den Spalt zwischen der Hecke und dem Zaun. Mein Mantel verfing sich in einem gestutzten Zweig der Eibenhecke. Ich zerrte an dem Mantel, bis die Hecke ihn mit einem lauten Knall freigab. Zumindest hörte es sich für mich an wie ein lauter Knall. Ich schaute mich um, aber nirgendwo sah ich einen Menschen. Sollte ich in mein Auto steigen? Auf keinen Fall, das würde kostbare Zeit kosten und wer weiß, wer sich mein Nummernschild merken würde. Also zu Fuß ab durch die Mitte.

Bei meiner Flucht hielt ich die Kamera in meiner Manteltasche fest umklammert, es fehlte nur noch, dass ich sie auf freier Strecke verlieren würde. Sobald ich in der Eppinger Straße war, drosselte ich mein Tempo, hier würde eine rennende Frau mit Sicherheit auffallen. Ich zwang mich also, gemächlichen Schrittes bis zum Ende der Straße zu gehen.

Und nun, Lara? Ich hatte keine Ahnung, was ich tun sollte. Ich atmete tief die kalte Dezemberluft ein und wickelte meinen Mantel fester um mich. Was war das? Da, wo der Mantel normalerweise geknöpft wurde, fehlte ein Stück vom Stoff.

Indizienbeseitigung

Mein Herz klopfte so laut, dass ich Angst hatte, mich könnte jemand hören. Das Blut in meinen Ohren begann zu summen, ich hatte soeben einen furchtbaren Fehler gemacht. Verdammte Neugier. Was sollte ich tun? Weglaufen, sagte mir der Impuls. Zurückgehen und den Rest vom Mantel einsammeln, sagte mir mein Verstand. Wer hatte eigentlich geklingelt? Wenn mich derjenige sah? Dann musste ich mir eine Erklärung einfallen lassen.

Was konnte ich im Zweifelsfall für eine Geschichte erzählen? Von Simone durfte ich auf keinen Fall etwas verlauten lassen. Dass mir schlecht geworden war und ich dachte, dass ich mich übergeben müsste? Nicht gut, aber immerhin.

Ich ging also zurück. Gemessenen Schrittes, selbstverständlich. Dabei wäre ich am liebsten gerannt. Langsam, Lara, langsam! Ich sandte weiße Stoßwölkchen aus, mein rasselnder Atem war in der kalten Luft sogar zu sehen. Wie gut, dass die Menschen, die in dieser Straße wohnten, so große Gärten vor und hinter ihren Häusern hatten. Und Menschen mit Einfamilienhäusern in Dahlem neigten eh nicht dazu, ihre Zeit damit zu verbringen, aus dem Fenster zu starren. Die Straße schien ausgestorben, in den Fenstern brannten wenn überhaupt nur Dekorationslampen.

Ich näherte mich der Kurve. Betont unauffällig blieb ich in der Kurve stehen und bückte mich. Ich tat so, als ob ich meine Schuhe zubinden müsste. Zwischen meinen Beinen schaute ich den kleinen Weg entlang. Nichts. Leer. Aber ich sah etwas anderes. Die Sandspuren an meinen Schuhen. Von wegen keine Spuren hinterlassen. Ich muss eine gut sichtbare Fußspur hinterlassen haben. Die Polizei würde auf jeden Fall meine Fußabdrücke finden. Ich musste die Schuhe umgehend entsorgen, sagte ich mir. Nun ja, mit Schuhgröße 41 konnte man wahrscheinlich wenig anfangen. Aber wie ich alte Krimitante argwöhnte, würden die wahrscheinlich auch mein Gewicht bestimmen können.

Ich richtete mich wieder auf und betrat mit schlotternden Knien so leise wie möglich den Fußweg zwischen den Gärten. An der Stelle, wo ich durch den Zaun geschlüpft war, hing tatsächlich ein Stück meines Mantels. Ich pflückte es mehr als vorsichtig von einem Eibe-Ast ab, natürlich hatte ich Angst, mich noch mal zu verheddern. Vergebene Liebesmüh, sagte ich mir, die Kriminaltechniker würden dennoch Fasern finden, die zu meinem Mantel führten. Also musste auch dieses gute Stück in der Versenkung verschwinden.

In dem Moment hörte ich Schritte. Was sollte ich tun? Hinter die Hecke schlüpfen? Bloß nicht, wenn man mich da sah. Ich schaute in Panik nach rechts. Es war eine Frau, die da gerade um die Ecke bog, ihre Silhouette schwarz im Schein des erleuchteten Erkers im Haus von Tobias Munich. Ich wollte fliehen, am liebsten in mein Auto und ganz schnell wegfahren. Aber das war nicht clever. Sich dem Feind stellen. Genau. Es war schließlich nicht verboten, hier langzugehen. Öffentliches Straßenland. Oder? Na gut, vielleicht einfach auch nur ein Privatweg. Also riss ich meinen ganzen Mut zusammen und schlenderte den Weg zwischen den Hecken auf die Frau zu. Plötzlich traf mich ein Lichtstrahl mitten im Gesicht. Ich stieß einen stummen Schrei aus.

Zusammentreffen

„Lara?" Das Entsetzen in der Stimme war nicht zu überhören. Es war ihre Stimme, die ich erkannte, denn sehen konnte ich das Gesicht der Frau nicht. Aber ihre Stimme hätte ich unter Tausenden wiedererkannt, es war die Stimme der Vergeltung, die engelsgleiche Stimme der Rache, die Stimme, die mich in jener schicksalshaften Nacht im Krankenhaus hinübergezogen hatte über den Rubikon, die Stimme, die mir Nacht für Nacht ins Ohr flüsterte: „Er hat den Tod verdient." Es war die Stimme von Simone.

Ich legte meinen Finger auf die Lippen und zeigte dann auf die Lichtquelle, mit der Simone mich immer noch blendete.

Simone hatte verstanden und schaltete die Taschenlampe an ihrem Smartphone aus. In dem Moment zerriss „Strangers In The Night" die gespenstische Stille. Ich hielt mir unwillkürlich die Hand vor den Mund, um nicht laut zu schreien. Natürlich drückte Simone das ankommende Gespräch sofort weg. Meine Gedanken rasten. Jetzt konnte sie geortet werden. Man würde feststellen, dass sie hier – an einem Tatort – gewesen war. Ich musste sie warnen, aber wie, ich wollte auf keinen Fall mit ihr gesehen werden. Also deutete ich auf das Haus von Tobias und machte eine eindeutige Geste, die so viel hieß wie: *Kehle durchgeschnitten.* Sogar in der Dunkelheit konnte ich sehen, dass Simones Augen sich in panischem Schrecken weiteten. Sie hatte begriffen. Dass sie abhauen musste, so schnell weg von hier, und vor allem von mir, und so weit wie möglich. Simone drehte sich auf dem Absatz um und ging zurück zur Hausecke mit dem erleuchteten Erker.

Auch ich machte kehrt und jetzt nahm ich sogar das Risiko auf mich, dass mich jemand sah, ich ging zu meinem Auto. Ich konnte einfach nicht mehr. Panisch wühlte ich in meiner Manteltasche nach dem Autoschlüssel, der sich direkt unter der Kamera befand. Beim Herausziehen aus der Manteltasche fiel mir der Stofffetzen, den ich eben von der Eibenhecke gepflückt hatte, auf die Straße. Ruhig, Lara, so wird das nichts, redete ich mir gut zu, während ich mich bückte. Meine Finger zitterten dermaßen, dass ich Mühe hatte, den Knopf für die zentrale Türverriegelung zu treffen. Als ich es endlich geschafft hatte, klemmte ich mich mit schlotternden Knien hinter das Steuer. Im Rückspiegel versuchte ich auszumachen, ob mich irgendjemand beobachtet hatte. Niemand war hinter mir zu sehen. Es war gar nicht so einfach, das Zündschloss zu finden, wenn die Finger vor Angst und Kälte bibbern. Mir kamen fast die Tränen vor Anstrengung. Tausende Gedanken rasten gleichzeitig durch meinen Kopf, der sich wie eine transatlantische Datenleitung anfühlte. Aber all diese Gedankenpixel mündeten nur in der Erkenntnis, dass alles schiefgegangen war.

In diesem Moment tauchte aus dem Nichts ein schwarzes Ungeheuer auf, das auf mein Auto zujagte. Im Schein der Gaslaterne funkelten seine Augen unnatürlich gelb.

Das Ungeheuer machte mitten auf der Straße eine Vollbremsung und knurrte meinen Fiat an. Ich erstarrte.

„Theo, hierher!“, rief eine Frau, die ich hinter der scharfen Linkskurve noch nicht sehen konnte. Theo drehte einmal seinen riesigen schwarzen Kopf und bellte in volltönendem Bass.

„Theo!“, rief die Frau hysterisch.

Bitte geh weg, flüsterte ich in der Dunkelheit meines Autos. Theo stand mitten auf der Straße und versperrte mir den Weg. Was sollte ich tun? Ich duckte mich in meinem Sitz. Die Frau würde sich an mein Auto erinnern. Bestimmt! Ich konnte nur hoffen, dass sie sich mein Nummernschild nicht merken würde. In dem Moment entschied sich Klein-Theo, den Weg, den ich soeben gekommen war, einzuschlagen, laut bellend lief er an meinem Auto vorbei und verschwand zwischen den Hecken. Noch lauter als Theo bellte allerdings Frauchen, die jetzt schreiend hinter ihm herjagte: „Theo! Hierher! Stopp!“ Die Frau raste an meinem Auto vorbei, ich hörte das aufgeregte Klackklack ihrer Schuhe auf dem Pflaster.

„Nein, Theo, bleib hier. Stopp!“ Die überkicksende Stimme der Frau und die jetzt geradezu panisch bellende Dogge übertönten das Geräusch, das mein Motor machte, als ich ihn startete. Wenn ich Glück hatte, hatten Madame und ihr Hound of Baskerville die Aufmerksamkeit der gesamten Nachbarschaft auf sich gezogen.

Ich rollte durch die Eppinger Straße und gab Gas, sobald ich hinter der scharfen Kurve verschwunden war. Erst als ich die Ecke Berliner Straße passierte, gestattete ich mir, meiner eigenen Panik Luft zu machen.

Ich fuhr rechts ran, ließ das Fenster herunter und atmete tief durch. Was für ein Schlamassel! Ich hoffte, dass Simone der Frau mit dem Hund entkommen war.

Simone. Was hatte sie heute bei ihrem Ex gewollt? Natürlich würde Simone jetzt glauben, dass ich Tobias Munich getötet hätte. Würde sie mich bei der Polizei verpfeifen? Mir wurde trotz der Kälte draußen heiß bei diesem Gedanken. Was, wenn Simone, die als verlassene Ehefrau natürlich als Erste unter Verdacht stand, der Polizei brühwarm erzählte, dass sie mich an dem Gartenzaun ihres Mannes getroffen hatte?

Was hatte sie zu verlieren? Ihr Problem war ja gelöst. Nur welches Motiv sollte ich haben? Vielleicht würde sie eins erfinden. Dass ich seine neue Freundin sei und er zu ihr zurückkehren wollte? Nee, das würde nicht funktionieren. Aber Simone musste den Verdacht von sich wegschieben. Denn dass sie zum Todeszeitpunkt in der Nähe des Hauses gewesen war, könnte man doch durch den Anruf, den sie weggedrückt hatte, nachweisen. Oder?

Ich hatte beschämend wenig Ahnung von den Möglichkeiten der hiesigen Polizei, in den amerikanischen Serien wäre es jedenfalls ein Kinderspiel gewesen, den Aufenthaltsort von Simone zum Todeszeitpunkt ihres Ex zu bestimmen. Deshalb trug ich auf meinen nächtlichen Ausflügen kein Handy mehr dabei. Aber als das Telefon klingelte, da war er ja schon tot. Sei nicht albern, Lara, so genau kann kein Pathologe dieser Welt den Todeszeitpunkt bestimmen. Der Mord an Tobias Munich war nicht mehr als zehn Minuten vorher verübt worden. Unser schöner Plan war durchkreuzt worden.

Nächtliche Missgeburten

Nachdem ich mich an der Ecke Berliner Straße ein wenig ausgeruht hatte, hörte ich in der Ferne die Martinshörner. Hatte man die Leiche schon entdeckt? Ich musste die Klamotten loswerden, die Schuhe und den Mantel. Aber wo und wie? Meine Sportsachen fielen mir ein, ich hatte immer einen Rucksack mit Laufschuhen und Jogginghose auf der Rückbank stehen, falls ich mal nach der Schule Lust auf eine kleine Jogging-Runde hatte, was allerdings nie vorkam, sondern eher den guten Silvestervorsätzen des vorletzten Jahres geschuldet war, also zu einer anderen Zeitrechnung gehörte. Ich kramte den Rucksack hervor und zerrte die Schuhe heraus. Denn ich konnte ja schlecht meine Schuhe entsorgen und barfuß nach Hause fahren.

Aber wo sollte ich Mantel und Schuhe entsorgen? Die Schuhe waren weniger ein Problem, ich warf sie in den nächsten Schuhcontainer für die Dritte Welt, der, wie mir sofort einfiel, am Bogenhaus in der Potsdamer Chaussee stand. Aber dieser blöde Mantel. Ich konnte schließlich keine Putzlappen daraus schneiden. Am besten wäre es, wenn ich in den Mantel Steine legen würde und dann alles im Wasser versenken könnte. Vergiss es, Lara, sagte ich mir, dann müsste ich die Steine schon einnähen, denn der Mantel würde sich bei meinem Glück garantiert selbstständig machen. Wo also das Ding versenken? Verbuddeln! Aber nicht heute Nacht. Ich brauchte ein ungefährliches Zwischenlager.

Wieso eigentlich sofort? Weil es sein kann, dass die Polizei heute Nacht vor meiner Tür steht! Wieso sollte sie vor meiner Tür stehen? Simone, Simone, Simone! Irgendetwas in meinem Inneren blies mir den Namen ins Gehirn. Ich vertraute ihr nicht, das war es. Das alles war Simones Idee gewesen, es war Simones Ehemann und nun war ich Simones Alibi.

Stell dich nicht so an, Lara, versuchte ich mich zu beruhigen, es klebt kein Blut an dem Mantel, dein Name steht nicht drauf, also mach keinen Zwergenaufstand.

In meiner Werkzeugkiste fand ich noch einen blauen Abfallsack, den ich dabei hatte, damit ich die Müllkippe auf meiner Rückbank beseitigen konnte, wenn ich dreimal im Jahr in die Waschanlage fuhr. Andere Frauen haben Handtaschen wie Gräber, bei mir musste es schon die Rückbank meines Autos sein. Ich verstaute also den Mantel in dem blauen Sack und fuhr eine kleine Schleife durch die alte Ami-Siedlung, die von der Potsdamer Chaussee abging. Hier gab es Miethäuser mit Müllplätzen und in einem dieser Containerplätze versenkte ich meinen Mantel. Im Müllcontainer des Nebenhauses entsorgte ich die Gummimatte aus meinem Auto, von wegen des Sandes und der möglichen Zuordnung. Da es draußen kalt und ungemütlich war und dazu schon recht spät, lag die Umgebung wie ausgestorben da, in Zehlendorf wurden um halb zehn die Bürgersteige hochgeklappt.

Als ich endlich zu Hause war, ließ ich mir eine Wanne voll mit ganz heißem Wasser laufen. Mir war abwechselnd eiskalt und glühend heiß, ich hatte kalten Schweiß auf der Stirn und Schüttelfrost. Beim Blick in den Spiegel musste ich an Wackelpudding mit Waldmeistergeschmack denken. Denn ich war grün im Gesicht und bebte am ganzen Körper. Kein Wunder, dachte ich und schüttete fast eine halbe Flasche Fenjala in das Badewasser, was es so glitschig machte, dass ich fast in der Wanne ausgerutscht wäre. Obwohl das Badewasser mir beinahe die Beine verbrühte, fror ich in der Wanne.

Was war das? Ich hob eine Hand über das ölige Wasser und beobachtete sie, wie man eine Wespe beobachtet, die versucht, aus einem Glas mit Cola zu kriechen. Meine Hand zitterte wie die einer schweren Alkoholikerin. War es der Anblick des toten Tobias Munich, der mich so aus dem Gleis geworfen hatte, oder die Angst, dass mein Vorhaben entdeckt werden könnte? Und dann wurde mir klar, dass ich an diesem Abend meine Unschuld verloren hatte. Bis zu diesem Zeitpunkt hatte ich mit Gedanken gespielt, hatte nur mal so aus Neugierde Menschen beobachtet, war mir aber absolut sicher gewesen, dass ich nie, nie, nie vorhatte, einen Mord zu begehen. Ich doch nicht, die liebe, unschuldige Lara. Niemals. Aber jetzt war ich Teil des Geschehens, war Teil eines Mordplanes, auch, wenn unser Plan schiefgegangen war, tödlich schief.

Ab jetzt würde ich Angst haben müssen, für den Rest meines Lebens würde ich Angst haben, jedes Mal, wenn es klingelte, wenn ich Schritte im Treppenhaus hörte, wenn hinter mir ein Blaulicht aufflammte oder ich ein Martinshorn hören würde. Ich würde bei dem Anblick eines jeden Polizisten erschrecken.

Würde ich jemals wieder ruhig schlafen können? Ich setzte mich im Badewasser auf, weil ich Angst hatte, in dem heißen Wasser zu ersticken, es nahm mir die Luft.

Ich würde doch jetzt keinen Herzinfarkt bekommen, jetzt, wo das Schlimmste vorbei war. Das Schlimmste. Ja, das Schlimmste in meinem Leben war vorbei. Nicht die Krebserkrankung war das Schlimmste gewesen, sondern das, was diese Krankheit hervorgebracht hat. Das Krebsgeschwür, das sich zwischen meinem Mann und mir breitgemacht hatte, das mein Leben zerstört hat und meinen Glauben an das Gute im Menschen. Das war das Schlimmste: die Angst vor dem Tod.

Ich ließ kaltes Wasser in die Wanne laufen, um mein pulsierendes Blut ein wenig abzukühlen. Es drehte sich alles nur um die Angst vor dem Tod. Diese Erkenntnis kam so jäh, dass ich mich abrupt aufsetzte und aus der Badewanne hochstemmte. In diesem Moment klingelte es.

Der fünfte Prozesstag

Nachdem festgestellt worden war, dass die Morde an Tobias Munich und die Morde auf dem Fichtenberg mit derselben Waffe verübt worden sind, hat die Staatsanwaltschaft heute zunächst Vera Nentwig geladen. Vera Nentwig ist Ende vierzig und ein wenig pummelig. Ihren geröteten Wangen sieht man an, dass sie ihr Auftreten vor Gericht sehr aufregend findet, wobei die geröteten Wangen sicher auch von einer Hitzewelle stammen könnten, das richtige Alter dafür hat sie jedenfalls.

Ich sehe Vera Nentwig zwar nicht zum ersten Mal, aber ich hätte sie auf der Straße nicht wiedererkannt. Natürlich war es stockdunkel gewesen, so dass ich nicht befürchten muss, von ihr erkannt zu werden. Woran ich sie aber erkenne, ist ihre blecherne Stimme. Mit dieser Stimme hat sie mich damals zu Tode erschreckt und die gesamte Nachbarschaft aufgeweckt. Die arme Frau, denke ich, mit so einer Stimme ist man gezeichnet und lebenslang dazu verurteilt, ganz leise zu sprechen.

„Sie haben am 8. Dezember die Leiche in der Hüninger Straße gefunden."

Vera Nentwig nickt eifrig.

Wie bei mir fordert der Staatsanwalt sie auf, auf die Frage zu antworten, damit sie alle hören können. Wir können dich hören, Vera, wirklich.

„Ja, ich habe die Leiche gefunden, oder besser gesagt, Theo hat die Leiche gefunden.“

„Erzählen Sie dem Gericht bitte, was sich am 8. Dezember abgespielt hat. Wer ist Theo?“, versucht der Staatsanwalt seine Zeugin zum Weitersprechen zu bewegen.

„Theo ist mein Hund. Eine Deutsche Dogge, eine reinrassige Deutsche Dogge. Leider ist Theo ein wenig undiszipliniert, seitdem in der Anlage in der Hüninger Straße ein Golden-Retriever-Rüde wohnt, ist er kaum noch zu bändigen. Aber ich muss an dieser Anlage vorbei, weil, wenn ich in die andere Richtung laufe, dann ist das auch nicht besser, der Dackel an der Ecke ist seit Jahren sein Todfeind Nummer eins.“

„Sie haben also Ihren Hund Gassi geführt?“, fragt Richterin Liesaus.

„Genau, ich wollte ihn noch vor unserem Haus anleinen, aber er ist mir entwischt und direkt Richtung Retriever gelaufen.“

„Könnten Sie uns das auf der Karte zeigen?“, bittet die Richterin mit dem Pferdeschwanz.

Vera Nentwig steht auf und zeigt auf der Karte, die der Staatsanwalt sofort bereit hat, wo sie wohnt. Anscheinend hält Old Stoneface für sie keinen Laserpointer bereit. „Das hier ist mein Haus. Theo ist hier lang gelaufen und ich bin hinter ihm her und habe versucht, ihn einzufangen.“

„Was Ihnen nicht gelungen ist?“, fragt der Staatsanwalt.

„Nein, Theo ist wie ein Wilder in den kleinen privaten Weg in die Anlage mit den Backsteinhäusern gerannt. Das sind zum Teil Reihenhäuser, aber auch einige freistehende Häuser von der gleichen Sorte, die um so einen kleinen Platz herum versetzt gebaut sind."

Der Staatsanwalt zeigt ein Foto von der Anlage. „Was haben Sie dann gemacht?", fragt er weiter.

„Ich bin ihm hinterher und habe laut gerufen. Aber ich habe ihn nicht mehr gesehen, ich bin also vorgerannt zur Ecke des kleinen Weges, aber da war er nicht und er war auch nicht vor dem Haus mit dem Retriever, das Haus schien an diesem Abend leer zu sein, jedenfalls gab der Retriever absolut keinen Laut von sich, was ungewöhnlich war, denn wenn die beiden sich auch nur in hundert Meter Entfernung begegnen, dann ist Bambule angesagt, das können Sie mir glauben."

„Ist Ihnen auf der Straße jemand begegnet?", fragt der Staatsanwalt.

„Darauf habe ich überhaupt nicht geachtet, aber ich glaube eher nein, weil ich sonst gefragt hätte, ob derjenige Theo gesehen hat. Der war ja weg, verstehen Sie?"

Die Richterin versteht. „Und was haben Sie dann gemacht?"

„Ich habe laut gerufen." Das kann man wohl sagen!

„Ist Theo dann zu Ihnen zurückgekommen?", fragt der Staatsanwalt.

„Mitnichten, aber plötzlich hat er aufgeregt gebellt. Das Bellen von meinem Theo kann ich unter tausend Hunden heraushören. Der hat eine ganz tiefe, sonore Stimme!" Es hört sich an, als ob Frauchen auf ihren Hund diesbezüglich ein wenig neidisch ist. Verständlicherweise.

„Von wo kam das Bellen?", fragt die Vorsitzende Richterin.

„Ja, das war das Merkwürdige, das Bellen kam aus dem Haus links neben dem Weg."

„Könnten Sie uns das bitte auf der Karte zeigen", bittet der Staatsanwalt.

Vera Nentwig muss schon wieder aufstehen. „Hier, aus diesem Haus, links neben dem Weg kam das Bellen."

„Was haben Sie dann gemacht?"

„Na, was sollte ich tun? Ich musste doch meinen Hund einfangen. Also habe ich mich durch eine Öffnung zwischen Gartenzaun zum Nachbargrundstück und der Hecke gezwängt, die das Grundstück vom Weg abgrenzt. War ganz schön eng, aber wenn mein Hund da durchkommt, dachte ich mir, schaffe ich das auch."

Anwalt Börner kann sich ein Lächeln kaum verkneifen. „Und dann sind Sie also auf das Grundstück des Tobias Munich eingedrungen. Kannten Sie den Mann?"

„Nein, ich hatte den Mann noch nie gesehen, jedenfalls nicht von Nahem. Sie müssen wissen, dass man in sein Haus gucken kann, von der Eppinger Straße aus, jedenfalls, wenn man direkt in der Kurve ist. Die Kurve da, die sehen Sie da", sagt die Nentwig und zeigt mit einem dicken, fleischigen Finger Richtung Karte.

„Sie hatten also schon öfter in das Haus geblickt", stellt die Vorsitzende Richterin fest.

„Ja, er scheint da noch nicht so lange zu wohnen, ich habe den Mann erst im Oktober oder November zum ersten Mal gesehen. Früher wohnte da ein älteres Ehepaar. Es kann auch sein, dass er da schon länger wohnt, aber man sieht natürlich nichts, wenn es noch hell ist, erst, seit es so früh dunkel wird und das Haus abends erleuchtet ist, habe ich ihn bemerkt. Ich meine bewusst bemerkt. Vor allem, weil ich ja immer genug mit diesem dämlichen Köter in dem Haus auf der anderen Seite der Anlage zu tun hatte. So ein widerliches Biest. Die sollten für den einen Waffenschein beantragen!"

Jetzt lächelt die Vorsitzende Richterin. „Und dann haben Sie sich also in den Garten des Hauses gezwängt. Hatten Sie nicht Angst, Ärger mit dem Besitzer zu bekommen?"

„Ich hatte eher Angst, dass Theo Unsinn anstellen würde", sagt Vera Nentwig. „Es soll ja Leute geben, die vor so großen Hunden Angst haben, dabei ist er lammfromm. Der hat noch nicht mal kapiert, dass er kein Schoßhund ist."

„Und was fanden Sie in dem Garten des Hauses?"

„Nichts, außer dass ich hörte, dass Theo im Haus war und dort bellte."

„Und da sind Sie einfach in das Haus marschiert?", fragt Anwalt Börner.

„Ja, ich hatte ja keine Ahnung, ob da nicht vielleicht ein kleines Kind ist, das sich sicher vor so einem großen Tier fürchten würde."

„Sie gingen also in das Haus. Was sahen Sie?"

„Ich bin also erst mal auf die Terrasse und habe durch die Terrassentür gesehen. Und gerufen habe ich, Theo! Klar. Und da habe ich gesehen, dass Theo ganz hinten am anderen Ende des Hauses stand und knurrte beziehungsweise plötzlich bellte. Sie müssen wissen, dass ich jedes Wort von Theo verstehe. Er sagte mir, komm sofort her und guck dir das an. Glauben Sie mir, das hat er gesagt und ich bin hin, ich hatte ja nicht gesehen, dass vor ihm ein Mensch lag, Theo hat ihn verdeckt. Er ist ziemlich groß, müssen Sie wissen, sogar für eine Deutsche Dogge."

„Und dann fanden Sie Tobias Munich?", stoppt der Staatsanwalt ihren Redeschwall.

„Wie der Mann hieß, wusste ich natürlich damals noch nicht, aber ich sah, dass da ein Mann auf der Erde lag. Und als ich endlich Theo zu fassen bekommen hatte, da sah ich dann auch, dass der Mann ein Loch im Kopf hatte. Dass der tot war, war so klar wie Kloßbrühe, der lag da so eigenartig verrenkt, da gab es gar keine Frage, der war mausetot."

„Wie spät war es zu diesem Zeitpunkt?", fragt der Laienrichter.

Mir fällt gerade auf, dass es die erste Frage ist, die er stellt. Na, zumindest ist er nicht eingeschlafen.

„Ich habe keinen blassen Schimmer, ehrlich. Lassen Sie mich nachdenken. Ich bin mit Theo raus, als der Film zu Ende war. Es war schon spät an diesem Tag, viel später als üblich, Theo war deshalb schon die ganze Zeit ziemlich hibbelig gewesen, normalerweise gehen wir nämlich um acht Uhr, wenn mein Mann die Nachrichten sieht. Aber an dem Tag war mein Mann nicht da, deshalb habe ich mir ‚Navy CIS' angeguckt, es muss also nach neun gewesen sein, als ich mich angezogen habe. Ich schätze, es war ungefähr halb zehn, so in dem Dreh."

„Sie haben also sofort gesehen, dass Tobias Munich tot war. Haben Sie dann sofort die Polizei gerufen?"

„Ja klar, ich habe mein Handy immer dabei und da habe ich dann sofort 110 gerufen."

„Vielen Dank, Frau Nentwig“, sagt die Vorsitzende Richterin. „Wenn die Staatsanwaltschaft oder die Verteidigung keine weiteren Fragen an die Zeugin haben, dann sind Sie hiermit entlassen.“

Verfolgungswahn

Mein Herz schien stillzustehen. Wer wollte jetzt etwas von mir, es war nach zehn Uhr? Das konnte nur die Polizei sein! Das Blut rauschte in meinen Ohren, Angstschleim sammelte sich in meinem Mund, ich zog mich an der Badewannenkante aus dem Wasser und griff nach dem Handtuch, das natürlich auf den Boden fiel. Ich konnte mich auch nicht tot stellen, man sah von außen, dass ich zu Hause war, die Küche und das Badezimmer waren hell erleuchtet und auch im Flur brannte Licht. Es hatte an der Wohnungstür geklingelt, nicht unten an der Haustür. Das bedeutete, dass man mich sogar von draußen hören konnte.

„Ich komme gleich!“, rief ich in den Flur. Mit fahrigen Händen nahm ich mir meinen blutroten Bademantel und wickelte mich darin ein. Ich hinterließ nasse Fußspuren auf dem Laminat, als ich zur Tür tapste. Mit einem Ruck riss ich die Tür auf, nichts Gutes erwartend.

Als ich meine Nachbarin von unten dort sah, hätte ich vor Erleichterung fast geschrien. Ich sackte in mich zusammen wie ein angepikter Luftballon.

„Entschuldigen Sie bitte die späte Störung“, sagte Frau Bischof und jetzt erkannte ich die Panik in ihren Augen. „Mein Mann ist im Bad ausgerutscht, ich kriege ihn alleine nicht hoch, könnten Sie bitte so nett sein und mir helfen?“, fragte sie.

„Oh Gott, hat er sich was getan, haben Sie schon die Feuerwehr gerufen?“, fragte ich, stieg in meine Latschen, die neben der Haustür standen, und schnappte mir den Wohnungsschlüssel.

„Nein, ich glaube, er hat sich nichts gebrochen, aber ich kriege ihn einfach nicht hoch, da ist nichts, um sich abzustützen.“

„Ganz ruhig, das machen wir schon“, sagte ich und nahm Frau Bischof an der Hand. Sie zitterte. Wenn die Frau wüsste, wie gern ich ihr und ihrem Mann in diesem Moment half, ich fühlte mich plötzlich so leicht, als ob ich die Rocky Mountains von meiner Schulter gewedelt hätte.

Ich hatte die Idee, zwei Stühle in das Badezimmer zu bringen, so dass Herr Bischof sich darauf abstützen konnte. Wir halfen dem alten Mann dabei, indem wir ihn jeweils auf einer Seite unter dem Arm packten und hochzogen. Herr Bischof bibberte zwar, aber sobald wir ihn auf den Beinen hatten, konnte er sich auf einen der Stühle setzen.

„Ist nichts gebrochen“, sagte Bischof, dem allerdings das Blut aus der Nase lief.

Frau Bischof machte ihm eine kalte Kompresse und befahl ihm, den Kopf in den Nacken zu legen. „Tut es sehr weh, Schatz?“, fragte sie und legte ihm ein großes Handtuch um die Schulter.

„Mir tut nichts weh“, sagte Bischof, der offensichtlich ein wenig unter Schock stand.

Frau Bischof tätschelte seine Hand. Am liebsten hätte ich geheult, als ich die beiden alten Leute hier so in ihrem

Badezimmer sah. Man spürte ihre starke Verbundenheit, sie waren wie Yin und Yang, etwas, das zusammengehörte, der eine ohne den anderen nicht denkbar.

In diesem Moment wurde mir zum ersten Mal klar, wie einsam ich jetzt war, meine Sehnsucht nach Liebe nahm mir fast den Atem. Nachdem wir den alten Herrn Bischof in sein Bett verfrachtet hatten, wollte ich mich verabschieden.

„Kommen Sie, ich glaube, wir beide brauchen jetzt einen Schluck was Kräftiges", sagte Frau Bischof, und bevor ich protestieren konnte, schob sie mich in ihr Wohnzimmer mit den alten englischen Möbeln.

„Whiskey, Cognac oder Grappa?", fragte sie.

„Whiskey", sagte ich, und als die goldene Flüssigkeit durch meinen Hals rann und sich in meinen Magen brannte, wusste ich, dass das genau das Richtige gewesen war. „Danke, das ist lebensrettend", sagte ich und verabschiedete mich in mein eigenes Bett.

Nach dem Whiskey fiel ich in einen bleiernen Schlaf. Der Tag war einfach zu viel für mich gewesen, meine Gedanken hatten so gerast, dass sie jetzt offensichtlich atemlos waren. Ich kann mich nicht daran erinnern, dass ich irgendetwas geträumt hätte. Um vier Uhr morgens war ich hellwach und schweißgebadet. Nachdem ich mich von rechts nach links und zurück gewälzt hatte, stand ich auf und ging ins Badezimmer. Erst mal trocknete ich mich ab, füllte das Zahnputzglas mit eiskaltem Wasser, das ich in einem Zug hinunterstürzte.

Beim Blick in den Spiegel erschrak ich. Meine kurzen, dunkelblonden Haare standen von allen Seiten ab, ich hatte sie vor dem Zubettgehen natürlich nicht gekämmt, so dass sie jetzt aussahen wie ein Getreidefeld nach einem Taifun. Unter den Augen hatten es sich dunkle Schatten gemütlich gemacht.

Na prima, mir sah man ja schon von Weitem an, dass irgendwas absolut nicht stimmt. Es wurde Zeit, dass ich mich sortierte, fand ich. Also setzte ich mich mit einem Glas Cola in die Küche an meinen „Denkertisch“. Zeit, die Dinge kühler zu betrachten.

Was war geschehen? Ich war in das Haus eines Mannes eingedrungen, der kurz zuvor erschossen worden war. Dabei hatte ich vorher seinen Mörder beobachtet. Als ich vom Tatort verschwinden wollte, war ich von Simone überrascht worden, der geschiedenen oder noch nicht geschiedenen Frau des Opfers. Ich zog aus der Schublade meines alten Weichholz-Küchenschrankes einen Block Papier. Denn ich gehöre eindeutig zu den Menschen, die etwas schriftlich vor sich sehen müssen, um denken zu können.

Ich schrieb also: Polizei? Was waren die möglichen Gründe, warum die Polizei auf mich aufmerksam werden könnte? Ich notierte: 1. Ich bin gesehen worden. Und dachte: Von wem bin ich gesehen worden? Selbst wenn mich jemand gesehen hat, niemand in der Hüninger Straße kennt mich. Und wer würde sich schon ein Nummernschild merken, ehrlich, das taten nur Menschen in Kriminalfilmen. Ich konnte mir noch nicht mal mein eigenes Nummernschild merken! Also blieb nur Simone. Ich schrieb hinter 1.: Simone.

Na also, das grenzte die Sache ja ein.

2. Was verbindet mich mit Tobias Munich? Weshalb sollte ich überhaupt bei Tobias Munich gewesen sein? Wenn Simone nicht irgendetwas erzählte, gab es überhaupt keinen Grund, Angst zu haben, denn ich kannte Tobias Munich nicht, es gab noch nicht mal eine offizielle Verbindung zu Simone. Wir sind nie außerhalb des Krankenhauses zusammen gesehen worden, es gab keine Briefe, keine E-Mails und absolut keine Telefonate. Also Entwarnung an dieser Front. Es sei denn, Simone würde etwas verlauten lassen. Ich schrieb auch bei 2. wieder: Simone.

Der Dreh- und Angelpunkt war eindeutig Simone. Und was erschwerend hinzukam: Sie hatte einen Anruf erhalten, dort, am Tatort, der wahrscheinlich zur Ortung ihres Aufenthaltsortes genutzt werden konnte.

3. Wer kann während des Mordes geortet werden? Simone. Halt! Und Florian Schneider. Ich stand auf und holte die Kamera. Was für einen Schwachsinn ich so erzeugte. Da bin ich eine halbe Stunde kopflos herumgefahren, um meinen Mantel, meine Automatte und meine Schuhe zu entsorgen, und dann lasse ich die Fotos von dem Mörder und dem Mordopfer in der Kamera. Wie blöd ist das denn!

Mir brach schon wieder der Schweiß aus, diesmal der Angstschweiß. Denn in diesem Moment merkte ich, dass ich wahrscheinlich nie eine Karriere als eiskalte Mörderin machen könnte, ich dachte zwar an alle möglichen Details, aber das Offensichtlichste vergaß ich. Und so was wird auf anderer Leute Kinder losgelassen!

Ich schaute mir die Fotos auf der Kamera an. Es zahlte

sich aus, dass ich eine Digitalkamera mit Infrarot-Filter gekauft hatte, die brauchbare Fotos auch in absoluter Dunkelheit und ohne Blitz schoss. Die Fotos waren zwar nicht farbecht, aber man konnte ganz wunderbar das Gesicht von Florian Schneider erkennen. Und unten eingeblendet war die Zeit, zu der ich dieses Foto geschossen hatte, ebenso wie die Zeit auf den Fotos von der Leiche zu sehen war.

Ich schaute mir die Fotos vom toten Tobias Munich genauer an. Der Mann sah sogar noch als Leiche unverschämt gut aus. Er hatte kurz geschorene, dunkle Haare und seine braunen Augen mussten, wenn sie nicht gerade im Todesschrecken erstarrt waren, so manches Mädchenherz gebrochen haben. Munich hatte die durchtrainierte Figur von jemandem, der sich regelmäßige Trainingseinheiten zugestand. Wahrscheinlich hatte er einen ganzen Fitnessraum inklusive Power Plate im Keller.

Wieso hat Schneider diesen Mann umgenietet? Was ist das Motiv? Und wieso war Simone vor Ort? Sollte ich mit Simone Kontakt aufnehmen? Ich legte die Beine auf den Korbstuhl neben mir. Nein, auf keinen Fall. Ich durfte keinen nachweisbaren Kontakt zu Simone haben, niemals!

Und jetzt, im orangefarbenen Licht meiner Küchentischlampe betrachtet, dämmerte mir, dass Simone ja jetzt mit Sicherheit davon ausgehen würde, dass ich ihren Ex erschossen hätte. Das barg nicht nur die Gefahr des Verrats in sich, sondern auch – au verdammt. Soweit hatte ich in meiner Panik ja noch gar nicht gedacht. Natürlich! Simone dachte, ich hätte meinen Teil des Planes nunmehr erfüllt. Das hieße, wenn sie sich an die Absprachen hielt …

Mir brach erneut der Schweiß aus, mein Puls jagte durch die Decke. Simone würde denken, dass sie jetzt dran sei. Und Oliver … Puh! Ich stand auf und holte mir die ganze Flasche Cola aus dem Kühlschrank.

Simone war am Zug. War ich vielleicht Glückskind Nummer eins unter Gottes Sternenhimmel? Würde ich meinen untreuen Ehemann loswerden, ohne selbst dafür gemordet zu haben? Plötzlich sah ich diese Möglichkeit so klar wie auf dem Grund eines Bergbaches vor mir liegen. Wahnsinn! Ich brauchte gar nichts mehr tun, Simone müsste jetzt …

Aber wieso hatte Schneider den Munich umgenietet? Musste ich das eigentlich wissen? Würde ich mich nicht in Gefahr bringen, wenn ich es wüsste?

Ich muss sofort aufhören mit den Verfolgungen und Observationen, sagte ich mir, halte dich raus, trinke Tee und warte ab.

Tee war jetzt eine gute Idee, ich stellte die Cola zurück in den Kühlschrank und kochte mir einen Kamillentee für meine angespannten Magennerven.

Die Ruhe vor dem Sturm

Ein paar Tage wollte ich mich ruhig verhalten, ich meldete mich einfach krank und blieb zu Hause. Auch wenn mir die Logik gesagt hatte, dass ich eigentlich nicht in Gefahr war, war ich nervös wie ein Rennpferd vor dem Start. Ich wusste, ich musste warten. Wenn die Polizei nicht gleich zu mir gekommen war, bestand die größte Wahrscheinlichkeit, dass ich unentdeckt geblieben war.

Am nächsten Tag holte ich mir eine Zeitung, aber natürlich fand ich noch keine Nachricht darin, denn der Mord war ja viel zu spät geschehen, um es so schnell in die Zeitung zu schaffen. Im Radio sagten sie so etwas nicht an, jedenfalls nicht auf den Sendern, die ich für die Nachrichten abklapperte. Ich überlegte, ob ich es wagen könnte, die Lokalnachrichten auf dem Computer zu lesen. Lieber nicht, sagte ich mir, Vorsicht ist die Mutter der Porzellankiste. So musste ich also zwei Tage warten, bis ich endlich eine kleine Notiz im „Tagesspiegel" fand. Ich hatte sogar darauf verzichtet, Zeitungen zu kaufen, die ich sonst nie kaufen würde, damit ich nicht auffiel.

Mord in Dahlem

Am Mittwochabend wurde in Dahlem die Leiche des 42-jährigen Unternehmensberaters Tobias M. entdeckt. Der Tote war in seinem Haus in der Hüninger Straße von einem Nachbarshund aufgefun-

den worden. Sein lautes Kläffen hatte die Hundehalterin dazu bewogen, sich hinter dem Hund durch den Gartenzaun des Hauses zu zwängen, vermutlich nur wenige Minuten nachdem der Unternehmensberater erschossen worden war. Die Mordkommission hat den Fall übernommen.

In einer Kleinstadt hätte so ein Mord die Lokalpresse auf Monate hin beschäftigt. In Berlin war ein Mord wenig spektakulär und ein Mord an einem Unternehmensberater nichts Ungewöhnliches. Es hatte noch nicht einmal einen Aufruf an eventuelle Zeugen gegeben. In den folgenden Tagen fand ich überhaupt keine Nachrichten zu der Angelegenheit.

Ich ging also wieder arbeiten. Trotzdem lag ich Nacht für Nacht wach und lauschte in die Dunkelheit. Mein Leben fühlte sich an, als würde es nur aus Warten bestehen. Und genau das war es, ich wartete darauf, dass etwas geschah. Das fiel mir schwer, denn ich bin eigentlich ein Mensch, der die Dinge vorantreibt, der die Kontrolle über die Ereignisse haben will. Ich bin zwar nicht gerade ein Kontrollfreak, aber ich habe schon sehr gern das Steuer in der Hand. Das Warten zermürbte mich. Ich wurde fahrig, unkonzentriert, das bekamen sogar meine Schüler mit.

„Ist was mit Ihnen, Frau Runge?", fragte mich meine Lieblingsschülerin Rebekka.

„Was soll denn sein?", fragte ich zurück.

„Sie machen den Eindruck, als ob Sie ganz woanders wären mit Ihren Gedanken, und Sie sind so schreckhaft geworden", sagte sie.

„Ich, schreckhaft?“, fragte ich entsetzt.

„Ja, Sie zucken bei jedem kleinen Geräusch zusammen“, antwortete sie.

Ich stritt natürlich alles ab, aber war gewarnt. Ich musste mich mehr zusammenreißen. Es verging Woche um Woche und nichts geschah. Hatte ich den Mord an Tobias Munich nur geträumt?

Ich verbrachte wie jedes Jahr Heiligabend bei meiner Mutter, die mich mit liebevoller Zuwendung, selbstgebackenen Keksen und hausgemachtem Kartoffelsalat fütterte.

Zwischen Weihnachten und Neujahr verkroch ich mich erneut zu Hause, ohne nennenswerte Ereignisse. Anfang des Jahres hielt ich es kaum mehr aus. Ich wollte mir Florian Schneider noch mal genau angucken. Warum war er zum Mörder geworden? Doch ich traute mich nun überhaupt nichts mehr, ich hatte Angst zu recherchieren, egal ob zu Hause oder irgendwo unterwegs. Bei meinem Glück würde ich in das Visier der Polizei kommen. Denn egal wieso Schneider den Munich umgelegt hatte, sie mussten irgendwo in der Vergangenheit etwas miteinander zu tun gehabt haben. Und diese Vergangenheit würde die Polizei mit einer besonders starken Lupe durchflöhen.

Ich musste mich, was Schneider betraf, fast festhalten, um nicht wieder in diese sinnlose Observierung zu verfallen.

Ich verharrte also im Wartemodus, bis ich es fast nicht mehr aushielt. Mir war klar geworden, dass ich langsam verrückt werden würde, wenn ich noch lange auf „das Ereignis“ hinwarten sollte.

Offensichtlich hatte Simone es geschafft, sich irgendwie aus der Sache herauszuhalten. Obwohl ich Tag für Tag die Zeitung durchkämmte, fand ich keinerlei Hinweis auf Simone.

In der Zwischenzeit trieb ich meine Scheidung von Oliver voran. Oliver hatte sich tatsächlich „erst mal“ eine kleine Wohnung in Friedenau genommen. Ich hatte eine gesamte Aufstellung unseres Vermögens für meinen Anwalt vorbereitet. In unseren wenigen Telefonaten besprachen wir nur das Notwendigste, wie zum Beispiel unsere letzte gemeinsame Steuererklärung. Bei einem Gespräch Anfang Februar hatte er mir – so en passant – mitgeteilt, dass er eine neue Freundin hatte. Wieso wunderte mich das eigentlich nicht? Ich wünschte ihm Glück. Natürlich nicht von Herzen, das wäre wohl zu viel verlangt.

Die 7. Mordkommission

Als Nächstes ruft der Staatsanwalt Kommissar Jens Friedrichs von der 7. Mordkommission als Zeugen auf. Der Kommissar war der leitende Ermittler in der Mordsache Tobias Munich, bis durch die Geschosse ein Zusammenhang zwischen dem Doppelmord am Fichtenberg und dem Mord an Tobias Munich zweifelsfrei festgestellt worden war. Jens Friedrichs dürfte in meinem Alter sein. Er hat kurz geschorene Haare, vielleicht um eine beginnende Glatze elegant zu kaschieren, und trägt eine dunkelbraune Bikerjacke. Ich frage mich, ob Lederjacken bei den Bullen als Dienstkleidung gelten. Nach dem üblichen Vorspiel kommt der Staatsanwalt sofort zur Sache. Er bittet Kommissar Friedrichs zu erzählen, wie man die Leiche gefunden hat.

„Wir wurden vom Polizeiabschnitt 45 informiert, dass in der Hüninger Straße eine männliche Leiche gefunden wurde", beginnt Jens Friedrichs.

„Um wie viel Uhr war das?", fragt die Laienrichterin. Als ob das von Belang ist, denke ich mir.

„Wir sind um zweiundzwanzig Uhr zweiunddreißig am Tatort eingetroffen."

„Was haben Ihre Ermittlungen am Tatort ergeben?", fragt der Staatsanwalt.

„Der Tod von Tobias Munich war durch einen einzigen, gezielten Schuss in den Kopf herbeigeführt worden. Der

Täter war unseres Erachtens durch die Vordertür des Hauses gekommen. Er hat geklingelt und als ihm die Tür geöffnet wurde, hat er Tobias Munich circa eineinhalb Meter in das Haus geschoben und dann sofort geschossen."

„Haben Sie Zeugen gefunden, die einen Besucher von Tobias Munich gesehen haben?", fragt Richterin Liesaus.

„Nein, leider nicht. Die Befragung der Nachbarn brachte überhaupt kein Ergebnis. Die Nachbarn zur Linken befanden sich für einen längeren Zeitraum in ihrem Haus auf Mallorca, die Nachbarn zur Rechten waren zum Tatzeitpunkt nicht zu Hause, ebenso wie die Besitzer der Häuser auf der gegenüberliegenden Seite. In den anderen Häusern der Anlage hatten sich die Besitzer zum Tatzeitpunkt im hinteren Teil oder im Dach des Hauses aufgehalten und hatten auf ihren Fernseher beziehungsweise Computer geschaut aber nicht nach draußen gesehen. Wir konnten also außer Frau Nentwig keinen Zeugen finden, der irgendjemanden gesehen oder irgendetwas gehört hatte."

Ich schenke Anwalt Börner, der mich während dieser Aussage nachdenklich beobachtet, ein zufriedenes Lächeln.

„Gab es Beobachtungen ungewöhnlicher Art von Nachbarn im Vorfeld der Tat?", fragt Börner den Kommissar.

„Leider auch negativ."

„Konnte die Spurensicherung irgendwelche verwertbaren Spuren sicherstellen?", fragt die Vorsitzende Richterin.

„Oh, es wurden eine Menge Spuren sichergestellt. Leider konnten wir nicht alle Spurenleger identifizieren. Sie müssen sich vorstellen, die Tat fand an einem eiskalten Tag statt, der Boden war zwar zum Teil noch knochentrocken beziehungsweise gefroren. Allerdings war das

Erdreich zwischen Gartenzaun und Hecke aufgeweicht, was, wie unsere Kriminaltechniker herausfanden, daran lag, dass dort ein Hund uriniert hatte. Wir fanden am Tatort deshalb Trittspuren von verschiedenen Personen. Eine Trittspur konnten wir ausschließen, es handelte sich um die Abdrücke von Vera Nentwig, die ja durch den Garten ins Haus gekommen war und zwischen den Hecken in den aufgeweichten Rasen getreten war. Weitere Trittspuren konnten zweifelsfrei den beiden Polizisten vom Polizeiabschnitt 45 zugeordnet werden, die von Frau Nentwig am Gartenweg erwartet worden waren, da Frau Nentwig die genaue Adresse des Hauses bei dem Notruf nicht benennen konnte und so die Kollegen zu der Ecke an der Eppinger Straße geleitet hatte. Darüber hinaus fanden wir eine weitere Fußspur in Größe 41. Ob es sich bei dieser Fußspur um den Täter handelt oder um eine nicht an der Tat beteiligte Person, war nicht zweifelsfrei feststellbar."

„Handelte es sich bei der Fußspur um weibliches oder männliches Schuhwerk?", will die Richterin mit dem Pferdeschwanz wissen.

„Das war ebenfalls nicht feststellbar, es handelte sich um die Abdrücke von einem Unisex-Modell der Firma Nike. Fest steht, dass diese Abdrücke von jemandem hinterlassen wurden, der durch die Lücke zwischen Hecke und Zaun gekommen und wieder gegangen war."

„Wenn Sie – aufgrund der Lage der Leiche – davon ausgehen, dass der Täter durch die Haustür gekommen ist, dann kann es sich dabei kaum um die Spur des Täters handeln", gibt Anwalt Börner zu bedenken.

„Nicht unbedingt“, sagt Jens Friedrichs, „denn es ist natürlich auch möglich, dass der Täter zunächst durch den Garten geflohen ist, dann dachte, dass er irgendetwas vergessen hat, oder eventuell nachschauen wollte, ob seine Tat auch wirklich gelungen war, und noch einmal zum Tatort zurückgekehrt ist. In der Lücke zwischen Gartenzaun und Hecke wurden schwarze Fasern eines Wolle-Mikrofaser-Gemisches gefunden, die wir keinem Kleidungsstück zuordnen konnten.“

„Ist es richtig, dass die passenden Schuhe zu dem Profil der Spuren ebenfalls nicht gefunden wurden?“, fragt Anwalt Börner.

„Das ist absolut richtig“, bestätigt Jens Friedrichs.

Simone

In den Osterferien war ich kurz davor, durchzudrehen. Wie lange würde Simone noch warten wollen? War sie überhaupt je in das Visier der Polizei geraten? Wie ging es ihr nach dem Tod ihres Ehemannes? Sie wird wohl alles geerbt haben, denke ich, denn die Scheidung war ja zum Zeitpunkt des Todes von Tobias noch nicht durch gewesen. Ich hielt es einfach nicht mehr aus.

Die Ungeduld ist ein schlechter Berater: An einem regnerischen Apriltag stieg ich in meinen Fiat 500 und fuhr direkt zum Fichtenberg. In Bayern würde man die achtundsechzig Meter hohe Erhebung höchstens Hügelchen nennen, aber in Berlin-Steglitz war das schon der höchste Berg. Ich hatte Simones Adresse ganz einfach im Telefonbuch gefunden. Langsam rollte ich an ihrem Haus vorbei. Ich war beeindruckt von dem schönen Landhaus aus den 20er Jahren, das über dem Eingang mit reich blühenden blauen Glyzinen überwuchert war. Es lag dicht hinter einem hohen, schmiedeeisernen Zaun.

Und dann sah ich sie. Es war, als ob mir jemand von hinten einen Stein an den Kopf geworfen hätte. Der Schreck war in der ersten Sekunde größer als der Schmerz. Alles in mir schrie auf, vielleicht habe ich auch wirklich geschrien, auf jeden Fall habe ich das Gas durchgedrückt und zugesehen, dass ich schnell vorbei kam. Hatten sie mich gesehen? Ich schaute in den Rückspiegel.

Nein, wahrscheinlich nicht. Sie waren so mit sich selbst und mit ihren Einkäufen beschäftigt, die sie aus dem großen Porsche-SUV holten, den sie vor der Villa geparkt hatten, dass sie sich nicht um den vorbeirollenden, grauen Fiat 500 scherten.

Simone. Und Oliver. Lachend. Turtelnd. Und zusammen. Als ich am Fuß des Fichtenbergs angekommen war, musste ich erst mal anhalten, um mich zu beruhigen. Hatte ich eine Fata Morgana gesehen? Spielten meine durchgeknallten Nerven mir jetzt einen Streich? Was machte Oliver hier? Noch mal ganz langsam und noch mal von vorn. Oliver und Simone waren zusammen einkaufen gewesen. Na und? War das Simones Art, sich auf den Mord an Oliver vorzubereiten? Nicht vorverurteilen, Lara, sagte ich mir, ganz langsam bitte und ganz genau beobachten, bevor du Rückschlüsse ziehst. Noch mal vorbeifahren? Nein, das war viel zu gefährlich. Ich musste mich den beiden unauffällig nähern. Und ich konnte mich meinem Mann Oliver durchaus unauffällig nähern, denn es war schließlich nicht verboten, seinen eigenen Ehemann zu observieren, sagte ich mir. Also fuhr ich nach Hause und wartete darauf, dass es Montag wurde.

Am Montag ging ich nach dem inzwischen bekannten Muster vor. Ich besorgte mir ein Car2go und wartete vor seiner Firma in Marienfelde darauf, dass der Kerl Feierabend machte. Wie pünktlich er doch war! Einen frühen Feierabend hatte Oliver in unserer Ehe nie gemacht, ohne zwei, drei Überstunden war er nie nach Hause gekommen. Und jetzt das.

Punkt achtzehn Uhr verließ er das Haus. Pfeifend. Ich

musste mich beherrschen, nicht Gas zu geben und mir den Kerl auf die Kühlerhaube zu legen. Was für ein Arschloch. Ich folgte ihm quer durch die Stadt. Er fuhr zum Fichtenberg. Ich fand eine Parklücke und beobachtete, wie eine lächelnde Simone Oliver die Tür öffnete. Sie küssten sich innig zur Begrüßung. Muss Liebe schön sein.

Tobias Munich

„Was ergaben Ihre Ermittlungen bezüglich des Opfers, Tobias Munich?“, fragt der Staatsanwalt Kriminalkommissar Jens Friedrichs.

„Natürlich haben wir uns zunächst das Umfeld von Tobias Munich angeschaut. Das Opfer war fünfundvierzig Jahre alt, geboren in Berlin, aufgewachsen in Berlin-Westend.

Tobias Munich hat in Berlin Abitur gemacht und Betriebswirtschaft zunächst in Berlin, später in Köln studiert. Er hat zwei Auslandssemester in den USA absolviert und seinen Master summa cum laude abgeschlossen, an den sich eine Promotion anschloss mit dem Thema ‚Dienstleistungsunternehmen und Versicherungen: Eine empirische Analyse der Wirkung ökonomischer und verhaltenswissenschaftlicher Faktoren‘.

Schon während der Promotion hat Tobias Munich in der internationalen Beraterfirma Prince Waterpond & Hohenstein gearbeitet und ist dort schnell zum Leiter einer Unit aufgestiegen.

Im Jahr 2005 hat Tobias Munich seine ehemalige Klassenkameradin und Freundin aus Jugendjahren Simone Wetzlar in Berlin geheiratet. In der Zwischenzeit hatte Munich ein eigenes Beratungsunternehmen aufgebaut, zu dem in den Folgejahren einige weitere Firmen hinzukamen. Er hat es geschafft, innerhalb von einigen Jahren ein kleines Firmenimperium aufzubauen: The Munich Group of Companies, zu der Firmen gehören wie Munich Solutions KG, Munich Executive GmbH und die erste Beratungsfirma, die Munich Consult AG, mit der er 2008 an die Börse gegangen war. Alle Firmen von Tobias Munich standen auf mehr als soliden finanziellen Beinen."

„Es gab also keinen Anhaltspunkt in seinem unternehmerischen Umfeld, der auf ein Mordmotiv hindeutete", stellt der Staatsanwalt fest.

„Richtig, alle Nachforschungen im Unternehmen selbst verliefen im Sande. Aber: Seit April des Vorjahres lebte Tobias Munich von seiner Ehefrau Simone getrennt, Munich hatte die Scheidung eingereicht."

„Lieferte die bevorstehende Scheidung des Paares eventuell ein Motiv für den Mord an Tobias Munich?", fragt ihn die Vorsitzende Richterin.

„Das haben wir uns natürlich auch gefragt. Und richtig: Tobias Munich verfügte über ein erhebliches Geldvermögen, aber auch um einige Immobilienwerte, die er von seinen verstorbenen Eltern geerbt hatte. Der Ermordete hatte bei der Eheschließung mit Simone Wetzlar auf einen ausgeklügelten Ehevertrag bestanden, der Simone nach Beendigung der Ehe nicht viel besser dastehen ließ als vor ihrer Heirat, mit Ausnahme einer kleinen Rente, die sich nach der Länge ihrer Ehe richtete."

„Gab es ein Testament zu Gunsten der Ehefrau?", fragt die Vorsitzende Richterin.

„Es gab überhaupt kein Testament. Das ist das Komische: Tobias Munich war ein Mann, der nichts dem Zufall überließ. Er bestand auf einem Knebel-Ehevertrag, er hat seine Investitionen breit gestreut, er war ein gerissener Unternehmensberater und ein promovierter Betriebswirtschaftler. Aber er hat kein Testament hinterlassen."

„Wie hoch konnten Sie sein Erbe beziffern?", fragt Old Stoneface.

„Wenn man den Immobilienwert zu den Geldanlagen und flüssigen Mitteln dazu rechnet, dann belief sich Munichs Vermögen auf fünf bis sechs Millionen Euro, eher sechs als fünf", informiert der Kommissar.

„Wer ist jetzt erbberechtigt?"

„Seine Ehefrau. Tobias Munich hat weder Eltern noch Kinder."

„Wie hätte das ausgesehen, wenn Tobias Munich geschieden gewesen wäre?"

„Dann hätte er ein Testament machen müssen, so kann ich das nicht sagen."

„Der Verdacht fiel also auf die Ehefrau", versucht der Staatsanwalt die Angelegenheit nach vorn zu treiben.

„Ja, selbstverständlich. Simone Munich war die Einzige, von der wir sehen konnten, dass sie einen Vorteil aus dem Tod von Tobias Munich zog. Und zwar einen ganz erheblichen."

„Weshalb wollte Tobias Munich sich von ihr scheiden lassen?", fragt die Vorsitzende Richterin.

„Laut ihrem Ehevertrag bedarf es keines Grundes, warum er sich von ihr scheiden lassen wollte. Den Ehevertrag hat im Übrigen Nils Lange aufgesetzt, ein Freund vom Herder-Gymnasium, wo die Munichs gemeinsam Abitur gemacht haben. Nils Lange fungierte außerdem als Scheidungsanwalt von Tobias Munich.

Allerdings hatte Simone Munich ein Alibi. Ihre Freundin Marie war aus Würzburg zu Besuch und die beiden haben – angeblich – an diesem Abend gemeinsam bis spät in die Nacht DVD geguckt, nachdem sie lange zusammen gekocht und gegessen hatten. Die Aussagen von ihrer Freundin Marie und ihre eigene Aussage deckten sich. Trotzdem haben wir Simone Munich nicht ausgeschlossen. Es wäre denkbar gewesen, dass sie einen Auftragskiller beauftragt hat", bestätigt der Kommissar meine schlimmsten Befürchtungen.

„Nach dem Sie natürlich in ihren Unterlagen recherchiert haben", stellt der Staatsanwalt fest.

„Ja, wir haben die Handydaten der Verdächtigen überprüft", sagt Kommissar Friedrichs.

Mir bleibt fast das Herz stehen.

„Sie hatte ihr Telefon im Übrigen zwei Tage vor dem Mord als verloren gemeldet und ihren Account sperren lassen", sagt der Kommissar.

„Wie günstig", kommentiert die Richterin mit dem Pferdeschwanz.

„Zum Zeitpunkt des Mordes hat Frau Munich noch kein neues Telefon gehabt."

Ich unterdrücke einen tiefen Seufzer der Erleichterung.

„Ihre Handydaten weisen allerdings keine ungewöhnlichen Kontakte aus, die wir nicht zurückverfolgen konnten. Frau Munich besaß darüber hinaus keine schwarzen Kleider, die den Fasern zuzuordnen waren, die an den Zweigen der Gartenbegrenzung gefunden wurden. Sie besaß keine Schuhe, die zu den vorgefundenen Spuren passten. Frau Munich hat außerdem auch nicht vor oder lange vor der Tat und erst recht nicht nachher größere, ungewöhnliche Geldbeträge abgehoben. Wir hatten sie zwar im Verdacht, aber wir konnten ihr nicht durch ein einziges Indiz die Tat zuordnen."

„Gaben die Computer in ihrem Haus etwas her?", fragt die Vorsitzende Richterin dazwischen.

„Ebenfalls negativ, sie hat weder nach Pistolen recherchiert noch nach Menschen, die unangenehme Arbeiten für sie erledigen, noch nach einem Detektiv. Wir hatten zunächst vermutet, dass die Fußspur im Haus Hüninger Straße, die wir nicht zuordnen konnten, eventuell von einem Detektiv stammen könnte, den Frau Munich auf ihren abtrünnigen Gatten angesetzt hatte. Aber unsere Nachforschungen konnten auch das nicht bestätigen."

Bravo, Simone!

„Gab es andere Menschen im Umfeld von Tobias Munich oder vielleicht von Simone Munich, die ein Motiv gehabt hätten, Tobias Munich zu ermorden?", fragt der Staatsanwalt.

„Tobias Munich lebte mit seiner Ehefrau Simone sehr zurückgezogen. Die beiden waren bereits zusammen zur Schule gegangen, hatten sich aber während der Studienzeit aus den Augen verloren. Erst im Jahr 2003 hat Tobias Munich Simone zufällig im Flugzeug zwischen Stuttgart und Berlin wiedergetroffen. Simone Wetzlar arbeitete zu dieser Zeit als Pharmareferentin für ein Stuttgarter Unternehmen. Wir haben niemanden in ihrem gemeinsamen privaten Umfeld gefunden, der Grund gehabt hätte, Tobias Munich zu ermorden."

„Was war mit Frau Munich? Hatte sie außereheliche

Kontakte, vielleicht einen Geliebten, der sie inklusive ihrer Erbschaft begehrte?“

„Leider negativ. Simone Munich lebte wie eine Einsiedlerin, das bestätigten uns nicht nur ihre Freundin Marie, sondern auch ihre Handykontakte. Simone Munich hatte sich nach ihrer Krebserkrankung sehr von ihren Freunden zurückgezogen, ein Liebhaber war nicht auszumachen.“

„Sie haben also eine lange Zeit in Richtung Simone Munich ermittelt, nur um dann festzustellen, dass sie als Täterin ausgeschlossen werden konnte, da sie selbst dem Mörder zum Opfer fiel“, stellt der Staatsanwalt fest.

„So ist es, wir haben uns im Kreis gedreht und erst mit der Meldung, dass die Projektile, die bei dem Doppelmord auf dem Fichtenberg gefunden wurden, aus derselben Pistole abgefeuert wurden wie der Schuss auf Tobias Munich, kam Bewegung in unsere Ermittlungen.“

Wut

Die Tränen rannen mir aus den Augen, aber es war nicht Trauer. Ich war so wütend, dass ich am liebsten den Fiat an einen Baum gesetzt hätte. Dieses Arschloch, dieses gottverfluchte Arschloch. Und ich hatte gedacht, dass man mich nicht noch mehr verletzen könnte, als Oliver es bereits getan hatte. Aber was war „Du bist doch keine richtige Frau mehr“ gegen *das*!

Als ich endlich zu meinem größten Erstaunen heil und ohne Schaden in meiner Wohnung angekommen war, rannte ich in die Küche und räumte meinen Geschirrschrank auf. Ich musste einfach etwas kaputtschmeißen, es war mir egal, ob meine Nachbarn mich in Zukunft als hysterisch bezeichnen würden. Ich war so sauer, ich brauchte irgendein Ventil. Das war Verrat, Verrat, Verrat! Dieser Lügner, dieses Riesenarschloch, dieser, dieser, mir gingen die Bezeichnungen aus, und noch einen Teller an die Wand, ja, egal, ich konnte das Service noch nie leiden, ich hatte es mit Oliverriesenarschloch zusammen gekauft, Himmel war ich sauer. Ich hätte morden können!

Der Gedanke an Mord brachte mich wieder runter. Ich schleppte mich an meinen „Denkertisch“ und ließ mich in meinen gemütlichen Korbstuhl fallen. Tief durchatmen, Lara! Auf dem Tisch stand ein leeres Glas, aus dem ich am Morgen Orangensaft getrunken hatte. Ich griff es und feuerte es in die Ecke zu den anderen Scherben.

Der Scherbenhaufen meines Lebens, dachte ich, als ich mir die Bescherung ansah. Noch nie in meinem Leben hatte ich mich so verraten gefühlt. Okay, ja, ich war tödlich verletzt gewesen, als Oliver mich mit meiner Krankheit so allein gelassen hatte. Aber irgendwo, ganz hinten in meinem Kopf, da gab es eine Stimme, die sagte: Du musst Verständnis für ihn haben, er ist so viel schwächer als du, er hat es nicht ausgehalten, er ist vor seiner eigenen Angst fortgelaufen, nicht vor dir, dich hat er geliebt. Diese Stimme hatte natürlich nicht immer geflüstert, aber zumindest ab und zu.

Nicht, dass ich ihm deshalb verziehen hätte, aber es hatte mich davor bewahrt, mein gesamtes erwachsenes Leben in Zweifel zu ziehen. Mich in Zweifel zu ziehen. Für meine Krankheit konnte ich schließlich nichts. Sie war kein Charakterfehler, sie war kein menschlicher Mangel, sie kam über mich wie Ebola, ich war ein Opfer meiner Krankheit und letztendlich war auch Oliver meiner Krankheit zum Opfer gefallen. So hatte ich es gesehen. Bis jetzt.

Ich hatte ihn wegen seiner Schwäche gehasst, wegen seiner Feigheit, ich hatte mit Mordgedanken gespielt, weil sie mich erleichterten. Denn ich war so wehrlos gewesen, hilflos, das Gefühl auf der Welt, das ich am meisten hasste. Du bist deiner Krankheit ausgeliefert, den Diagnosen der Ärzte, dem Gift und den Strahlen und den Skalpellen. Wenn ich das schon las, „sie kämpfte gegen den Krebs“. Ich hatte nie, nicht eine Sekunde das Gefühl gehabt zu kämpfen. Ich hatte Mühe gehabt, meinen Kopf irgendwo oben zu behalten und hatte mich jedem verfluchten Weißkittel ausgeliefert gefühlt. Auch wenn ich mir tausendmal gesagt hatte: Diese fliegenpilzrote Flüssigkeit, die sie dir da in die Adern jagen, die heilt dich, die Strahlen, die töten deinen Feind – ich bin mir so verdammt hilflos vorgekommen, wie ein jämmerlicher Wurm, der sich in Schmerzen windet. Ich hatte mir meine Seele aus dem Leib gekotzt.

Dabei liebe ich es, die Dinge unter Kontrolle zu haben, jawohl, auch die schlechten. In dem Moment, in dem ich angefangen hatte, mit dem Gedanken an Olivers Tod zu spielen, war ich mir nicht mehr hilflos vorgekommen, ich hatte gespürt, dass ich mich wehren konnte, und dadurch ging es mir besser. Ich war nicht wirklich davon ausgegangen, dass ich ihn jemals erschießen würde, aber ich wollte zumindest wissen, dass es möglich gewesen wäre. Erst wenn ich die Möglichkeit ablehnen könnte, dann wäre es eine bewusste Entscheidung gewesen, eine großzügige Geste. Nicht, dass ich ihm verziehen hätte, aber ich hätte das Gefühl gehabt, wieder die Kontrolle über mein Leben zu haben.

Und jetzt das. Das, was ich soeben gesehen hatte, änderte alles. Es hätte mich kaltgelassen, wenn sich Oliver eine schöne, junge, gesunde Frau gesucht hätte. Das wäre logisch, nachvollziehbar gewesen. Aber er hat seine kranke, versehrte Frau gegen eine andere kranke, versehrte Frau eingetauscht. Noch dazu gegen eine Frau, die älter war als er. Lügner!

Es war gar nicht meine Krankheit gewesen, es war nicht die lädierte Brust gewesen, weshalb er das Weite gesucht hatte. All das war eine verdammte Lüge gewesen. Er war nicht mehr glücklich mit mir gewesen, er hatte mich nie wirklich geliebt, unsere ganze Beziehung war nicht mehr als eine Lüge.

Irgendetwas in meinem Kopf begann zu pochen, ein Gedanke, der sich in den Vordergrund kämpfte, ein Gefühl, das wie Magensäure in meinem Schlund hochstieg: Oliver hatte mich verlassen, weil ich falsch gehandelt hatte. Er konnte mich nicht mehr lieben, weil ich so gehandelt hatte, wie ich nun mal bin. Nicht die Krankheit in meiner Brust, sondern meine kranken Gedanken hatten ihn verjagt. Ich war schuld daran, dass meine Ehe gescheitert war, nicht meine Krankheit. Wie sonst sollte ich mir erklären, dass er offensichtlich total auf Simone abfuhr? Diese Erkenntnis haute mich fast um, ich spürte, dass ich kaum noch Luft kriegte.

Und dann: Simone! Das war doppelter Verrat. Wie konnte Simone sich nur mit Oliver einlassen? Oder hatte sie sich an Oliver rangemacht, um ihn zu töten? Nein, auf keinen Fall, dann würde sie sich nicht so offen mit ihm zeigen. Vielleicht am Anfang und dann peng – hatte sie alle guten Vorsätze über den Haufen und sich direkt in die weit ausgebreiteten Arme meines bedürftigen Gatten geschmissen.

Lara, rief ich mich zur Besinnung, Lara, es wird Zeit, dass du dein Schicksal wieder selbst in die Hand nimmst. Handeln, nicht reagieren! Und plötzlich wusste ich, was ich zu tun hatte.

Der Scheidungsanwalt

Das Gericht ruft den Zeugen Nils Lange. Lange ist der Scheidungsanwalt von Tobias Munich und war ebenfalls mit Simone und Tobias zur Schule gegangen. Ich wundere mich, wie Eltern einen Sohn Nils nennen können, der eher aussieht wie ein Miguel. Nils ist der Typ Latin Lover, ich frage mich, wieso Simone sich nicht in den verguckt hat, er entspricht ganz offensichtlich ihrem Beuteschema. Rechtsanwalt Börner übernimmt die Vorstellung:

„Herr Lange, Sie waren also der Scheidungsanwalt von Tobias Munich und ein Schulfreund der Verstorbenen. Was war der Scheidungsgrund von Tobias Munich?"

„Das entzieht sich meiner Kenntnis. Im Februar vor drei Jahren erhielt ich einen Anruf von Tobias, dass jetzt der Ernstfall eingetreten sei."

Sieh mal einer an. Tobias wollte sich also von Simone scheiden lassen, noch bevor sie eine Krebsdiagnose erhalten hatte. „Ich kann nicht mehr", war also lupenreinste Erfindung von Simone gewesen. Es war ihr doch nur um Geld gegangen, Simone hatte mich eiskalt angelogen und sich meine Frustration und Wut zunutze gemacht. So eine Schlange!

„Was meinte Munich mit Ernstfall?", fragt der Staatsanwalt.

„Er meinte damit, dass der Ehevertrag, den ich für ihn

aufgesetzt hatte, nunmehr seine Gültigkeit beweisen musste."

„Wieso Gültigkeit, hatten Sie Ihre Zweifel daran?", hakt Börner nach.

„Ja, ich hatte sehr begründete Zweifel. Ich habe Tobias von Anfang an abgeraten, einen solchen Vertrag aufzusetzen, aber er ließ sich diesbezüglich nicht beraten."

„Dürfen wir erfahren, warum Sie Zweifel an der Gültigkeit hatten?", will der Staatsanwalt wissen.

„Weil Toby, also Tobias Munich ohne einen Ehevertrag ganz gut gefahren wäre. Sein Immobilienvermögen wäre geschützt, weil er es vor seiner Ehe von seinen Eltern geerbt hat, seine Firmen sind Aktien- und Kommanditgesellschaften und es war zum Zeitpunkt der Eheschließung klar, dass Simone weiter arbeiten würde. Der Vertrag, den Toby unbedingt haben wollte, war in manchen Paragrafen für mein Dafürhalten grob unbillig und war deshalb auf jeden Fall angreifbar. Aus diesem Grund hat sich die Scheidung auch so lange hingezogen. Es war klar, dass Simone sich wehren würde, ich schätze, die Kollegin, die sie damals zu Rate gezogen hat, hat ihr gesagt: Unterschreibe, das kriegen wir im Ernstfall wegdiskutiert."

„Wie war das Verhältnis der beiden zueinander?", fragt Rechtsanwalt Börner.

„Sie liebten und sie schlugen sich, so würde ich das mal formulieren. Und zwar von Anfang an, schon in der Schule waren die beiden wie Katz und Maus. Aber das ist bitte schön ausschließlich meine Vermutung."

„Hatte Munich eine Freundin?"

„Das entzieht sich meiner Kenntnis."

„Hat Munich seiner Frau vorgeworfen, dass sie einen Liebhaber hatte?"

„Nein. Sie brauchten keinen Scheidungsgrund, Munich ist ausgezogen und sie mussten ein Jahr getrennt leben, dann wären sie auch ohne Grund geschieden worden."

„Was war Tobias Munich für ein Mensch?"

„Er war total fokussiert auf seinen Beruf. Tobias war jemand, der laut war, raumfüllend, eloquent, gnadenlos ehrgeizig. Es gab für ihn nicht viel mehr Interessen als seine Firmen. Die Firmen waren seine Kinder, seine Ehefrau und seine Geliebte. Tobias Munich wollte nur eins in seinem Leben: die Nummer eins sein."

„Womit Ehefrau Simone nicht gut klarkam?"

„Ich weiß es nicht. Denn ich habe die beiden nach der Hochzeit nicht mehr zusammen gesehen, wir waren nicht befreundet. Aber so war Toby schon in der Schule. Simone war das hübscheste Mädchen der Klasse. Jeder war in sie verliebt. Und Toby musste sie haben. Unbedingt. Es war ihm egal, dass sie ihn nicht wollte, dass sie in einen anderen verknallt war, er hat sich das genommen, wovon er glaubte, dass es ihm zustand: Simone."

„Was heißt, er hat sich das genommen?", fragt Rechtsanwalt Börner.

„Ich war nicht dabei, ich kenne die Geschichte nur vom Hörensagen. Wir waren auf Klassenreise in London. Toby ist wohl in der Nacht in das Zimmer geschlichen, in dem Simone schlief, und ist zu ihr ins Bett gekrochen."

„Wollen Sie damit sagen, dass Tobias Munich Simone vergewaltigt hat?"

„Nein, ich war nicht dabei, und wenn er sie vergewaltigt hätte, dann hätte sie ihn kaum geheiratet, oder?“

„Was können Sie uns über Simone sagen, außer, dass sie das hübscheste Mädchen der Klasse war?“

„Das ist lange her und ich glaube nicht, dass sich irgendein Junge in unserer Klasse Gedanken über den Charakter von Simone Wetzlar gemacht hat. Jeder hat von ihr geträumt.“

„Kennen Sie jemanden, der Ihrer Meinung nach einen Grund hatte, beide zu hassen?“

„Definitiv nicht.“

Der Plan

Es ist merkwürdig, in dem Moment, in dem du deinen Weg kennst, wirst du ganz ruhig. Ich stand auf, ging in die Kammer und holte einen Handfeger und eine Schippe. Okay, der Orangensaftrest an der weißen Wand sah nicht so attraktiv aus, aber damit konnte ich leben. Ich fegte meine Wut zusammen, es war, als ob ich mich aus meinen Einzelteilen wieder zusammensetzte. Als die Küche sauber war, war auch ich wieder ganz. Heil, ganz und ganz wach. Schluss mit den larmoyanten Gedanken, Schluss mit dem Reagieren, mit den Ängsten und den Rücksichtnahmen, mit der Trauer, der Wut und der Verzweiflung.

Tue nie etwas in der Wut, hatte ich von meinem Vater gelernt. Ich musste mich abkühlen. Abnabeln, verlass dich nur auf dich selbst, sonst bist du verlassen. Auch so ein Spruch meines Vaters. Ach Daddy, wie gern würde ich jetzt an deine Schulter fliehen. Aber Daddy war tot, seit fünfzehn Jahren schon.

Ich hatte jetzt monatelang mit bösen Gedanken gespielt, und allein die Tatsache, dass ich diese Gedanken hatte, machte mir ein schlechtes Gewissen. Und zwar ein so schlechtes Gewissen, dass ich mich ständig von irgendwem ertappt fühlte, dass ich ständig Angst vor Entdeckung hatte. Ja, nach dem Abend, an dem ich den toten Tobias Munich gefunden hatte, war ich wochenlang in Angststarre verfallen, dass man mich kriegen würde.

Dabei hatte ich doch gar nichts getan, aber es hatte nicht gereicht, dass ich mir das ständig vorbetete, mein Gefühl hatte mir etwas anderes gesagt. Meinem Gefühl nach hatte ich bereits gemordet. Was war ich doch bescheuert! Das sah ich jetzt glasklar. Ich ließ mich von meinem schlechten Gewissen dominieren. Mordgedanken hatte man einfach nicht, zumindest nicht Klein-Lara. Jetzt endlich ging mir auf, wie harmlos meine Gedanken doch gewesen waren, primitiv, im eigentlichen Sinn des Wortes. Oliver hatte mich verletzt und ich wollte mich rächen. Das Nächstliegende, das Primäre. Eine absolut menschliche, nachvollziehbare, ja – wie ich mir jetzt sagte – sogar normale Reaktion. Auge um Auge, Zahn um Zahn. Er hatte mich getötet, so jedenfalls hatte ich es angefühlt, und die logische Konsequenz war, dass ich ihn hatte töten wollen.

In diesem Moment war es, als ob ein göttlicher Strahl mich erfasst, als ob sich mein Bewusstsein erweitert hätte. So als ob Moses das Rote Meer teilt und der Weg plötzlich freilag. Mir fiel die Werbung irgendeiner Raiffeisenkasse ein: Wir machen den Weg frei. Mein Weg lag schimmernd im Sonnenlicht, obwohl es bereits dunkle Nacht war. Ich würde diesen Weg gehen, es gab kein Zurück, immer geradeaus, direkt ins Sonnenlicht. Es war so einfach, dass es fast wehtat.

Marie Becker

Am sechsten Prozesstag ruft die Staatsanwaltschaft Marie Becker auf. Sie versuchen, sich dem Opfer Simone Munich charakterlich zu nähern. Wenn ich mich recht entsinne, dann ist Marie Becker die Freundin, die bei Simone zu Besuch war, als Tobias Munich ermordet wurde. Marie hat wohl eindeutig gelogen, wenn man der Aussage von Kommissar Jens Friedrichs glauben darf. Ich frage mich, was der Grund ist, warum Marie Simone das Alibi gegeben hat. Denn dass ich Simone am Tatort gesehen habe, ist keine Einbildung meiner überhitzten Nerven. Wird Marie Becker bei ihrer ursprünglichen Aussage bleiben oder schmeißt diese Zeugin jetzt den ganzen Prozess über den Haufen?

Marie Becker ist eine hübsche Frau mit halblangen, gepflegten, kastanienbraunen Haaren. Sie trägt einen kurzen Rock mit blickdichten, schwarzen Strümpfen und hohen Stiefeln. Als sie auf dem Zeugenstuhl Platz nimmt, sehe ich, dass ihre Hände zittern. Sie hat Angst, kein Wunder, sie hat die Polizei an der Nase herumgeführt. Mal sehen, was sie unter dem gestrengen Blick des Staatsanwaltes tut.

„Frau Becker, vielen Dank, dass Sie den weiten Weg aus Würzburg hierher auf sich genommen haben. Sie sind mit Simone und Tobias Munich zur Schule gegangen und mit Simone Munich geborene Wetzlar weiterhin befreundet gewesen, ist das richtig?“, sagt er.

„Ja, wir haben alle drei zusammen Abitur gemacht. Simone war schon in der Schule meine beste Freundin, wir haben seit dem Abitur immer Kontakt zueinander gehabt, und immer wenn ich in Berlin bin, dann habe ich mich mit Simone getroffen und später, als meine Eltern dann auch weggezogen sind, oft bei ihr gewohnt."

„Was können Sie uns über das Verhältnis zwischen Simone und ihrem Ehemann Tobias erzählen?", fragt Rechtsanwalt Börner.

„Es war wohl eine turbulente Ehe, Simone hat das nie so genau gesagt, aber ich glaube, sie haben sich sogar ab und zu geprügelt. Ich habe nie so ganz verstanden, warum Simone Toby geheiratet hat, aber sie stand wohl auf Machos. ‚Wie kannst du denn jemanden heiraten, der dich vergewaltigt hat?', habe ich sie gefragt, als sie mir freudestrahlend mitteilte, dass sie Tobias Munich heiraten werde."

„Tobias Munich hat Simone Wetzlar also wirklich vergewaltigt?"

„Ja, er hat sie wirklich vergewaltigt. Ich war dabei."

„Sie waren dabei?", fragt die Vorsitzende Richterin und zieht dekorativ eine Augenbraue in die Höhe. Marietta Slomka würde eifersüchtig werden.

„Ja, wir waren in der zwölfte Klasse auf Klassenreise in London. Simone war echt verschossen in Florian Schneider, während Tobias total verknallt war in Simone. Womit er allerdings nicht allein stand, ich glaube, alle Jungs waren damals hinter Simone her. Sie war einfach unbeschreiblich sexy."

„Moment", unterbricht sie der Rechtsanwalt. „Sie sagten, Simone war verschossen in Florian Schneider.

Wusste Florian Schneider davon, waren die beiden zusammen oder wie muss man sich das vorstellen?"

„Ja, Simone und Florian hatten schon miteinander geschlafen, Florian war ihr erster Mann."

„Hat sie Ihnen das erzählt?", fragt die Richterin mit dem Pferdeschwanz.

„Ja, sie hatte Angst, dass sie schwanger sei, weil sie natürlich nicht verhütet hatte, das sei einfach so passiert. Hat sie jedenfalls gesagt. Sie wissen ja, was für Drama-Queens junge Mädchen so sind, ob das die Wahrheit war oder Fantasie, kann ich heute nicht mehr wirklich beurteilen. Damals habe ich ihr jedenfalls geglaubt. Wir haben stundenlang überlegt, was wir tun könnten, wenn tatsächlich ihre Regel weiter ausbleiben würde. Aber vielleicht wollte sie sich auch nur interessant machen."

„Und dann, was passierte auf der Klassenfahrt?" Anwalt Börner ist heute nicht der Geduldigsten einer.

„Simone und Tobias haben sich ständig gekabbelt, sie haben sich gegenseitig provoziert. Was sich neckt, das liebt sich, habe ich damals gesagt. ‚Den liebe ich nicht, den finde ich so was von abstoßend, diesen Angeber' – das waren ihren Worte, so ungefähr jedenfalls.

Und dann waren wir in London. Wir waren in einem Hotel an einem kleinen Platz untergebracht, das rundlaufende Balkons zur Straßenseite hin hatte. Natürlich hatten wir Mädels extra Vier-Bett-Zimmer und die Jungs auch, aber man konnte mit einem Sprung über die Balkonbrüstung in die Zimmer der Jungs gelangen und umgekehrt. Eines Nachts wachten wir auf, weil Simone schrie. Tobias war in ihr Bett gekrochen und versuchte, an ihr rumzumachen.

Eigentlich wäre das etwas gewesen, was wir gut unter uns hätten regeln können, ich meine, womit wir Mädels damals allein fertig geworden wären, aber es war ein heißer Abend, die Balkontüren standen offen und wahrscheinlich hatte Florian gemerkt, dass Tobias über den Balkon zu uns abgehauen war, und er muss Simones Schrei gehört haben.

Also ist Florian ebenfalls über die Brüstung gesprungen und hat Tobias aus dem Bett herausgezogen und ihn verprügelt. Dabei müssen die beiden so einen Krach gemacht haben, dass unser Klassenlehrer plötzlich laut an die Tür bummerte. Ich habe ihm natürlich aufgemacht und er brüllte die beiden Jungs an, sofort aufzuhören. Anstatt aufzuhören, hat Florian unserem Lehrer mit einem Fausthieb die Nase gebrochen. Das war ein Riesenskandal damals und natürlich ist Florian Schneider von der Schule geflogen."

Ach so war das also, denke ich. Sie mal einer an. Florian wollte Simone also verteidigen. Wie nett. Und dann? Das fragt jetzt auch der Staatsanwalt.

„Florians Vater hat seinen Sohn wohl rausgeschmissen. Ich habe Florian ein paar Jahre später getroffen, er hat mir damals erzählt, dass er das Abitur nicht mehr hat machen können, aber einen guten Job in einer Druckerei hätte."

„Wann war das?", fragt der Staatsanwalt.

„Das war vor drei oder vier Jahren", sagt Marie Becker.

„Moment, ich will sehen, ob ich das richtig verstanden habe", sagt der Anwalt. „Tobias Munich hat Simone vergewaltigt und Florian Schneider, der sie retten wollte, fliegt von der Schule? Wie geht das denn?"

„Ja, wir fanden das damals auch alle ungerecht. Aber Florian hatte unserem Klassenlehrer die Nase gebrochen, da gab es kein Pardon. Und Toby hatte sich herausgeredet, da stand Aussage gegen Aussage“, erklärt die Zeugin.

„Das verstehe ich trotzdem nicht“, unterbricht der Staatsanwalt. „Hat denn Simone den Tobias Munich nicht angezeigt oder ihren Florian verteidigt?“

„Ist alles so lange her, ich weiß es eigentlich nicht mehr so genau. Also vom heutigen Standpunkt aus betrachtet hat sie es wohl genossen, dass die Jungs sich um sie geprügelt haben und ihr Liebhaber sogar wegen ihr seine Zukunft aufs Spiel gesetzt hat. Aber sie hat Tobias nicht angezeigt, und dass Florian ihr Lover war, konnte sie schließlich auch nicht sagen, das hätte den Nasenbeinbruch nur noch schlimmer gemacht.“

„Das ist aber ein bisschen krude, das Ganze“, sagt die Vorsitzende Richterin.

Ich stimme ihr innerlich zu und denke mir: Wahrscheinlich hat Simone immer nur Tobias gewollt. Sie war der Typ Frau, der nur auf die Alpha-Tiere abfährt. So wie ich Madame kennengelernt habe, hat sie Florian nur benutzt, um Tobias bis aufs Blut zu reizen.

„Florian Schneider hätte also Grund gehabt, Tobias Munich umzubringen, er hat ihn schließlich um seine Zukunft betrogen“, wirft die Richterin mit dem Pferdeschwanz ein.

„Das hätte er mit Sicherheit dann schon früher getan, ich denke, dass die Leidenschaft für Simone inzwischen ein bisschen erkaltet war“, sagt Marie Becker. Womit sie zweifelsohne Recht hat.

„Kommen wir zum Abend des Mordes an Tobias Munich", sagt der Staatsanwalt.

„Ich war in Berlin und habe bei Simone in der Villa auf dem Fichtenberg gewohnt. Wir haben uns am Abend zusammen ein höllisch scharfes Nasi Goreng gebrutzelt und uns dann eine Flasche Wein gegönnt. So ganz nüchtern waren wir nicht mehr, aber in so aufgekratzter Stimmung, dass Simone vorschlug, dass wir uns noch ein paar Folgen ‚Downton Abbey' reinziehen könnten, die sie gerade an diesem Tag geliefert bekommen hatte."

„Es ist also hundertprozentig auszuschließen, dass Simone mit dem Mord an Tobias Munich etwas zu tun hatte."

„So was hatte Simone nicht nötig. Die brauchte nur einmal mit den Wimpern zu klimpern, dann hatte Simone an jedem Finger einen neuen Mann. Warum also sollte sie Toby umbringen?"

Die Vorsitzende Richterin nickt.

Und dann sagt Marie Becker: „Ich habe lange über Simone und Tobias nachgedacht. So ganz sicher, dass sie diese Scheidung durchziehen wollten, bin ich mir nicht. Es könnte sein, dass das alles zu ihrem Spiel gehörte. Sie liebten und sie schlugen sich."

Meine Gedanken rasen. Hatte Simone Marie Becker mit Alkohol betäubt? Es werden wohl mehr als eine Flasche Wein gewesen sein, nur totale Abstinenzler sind nach einer halben Flasche Wein betrunken. Oder hatten sie Dope geraucht, irgendwelche Pülverchen geschnupft, dass Marie Becker entweder weggetreten war oder für ihre Freundin log? Warum war Simone überhaupt in der

Hüninger Straße gewesen? Ich habe sie das ja nicht fragen können. Hatten die beiden irgendeinen perfiden Plan, oder war Simone vielleicht auch ein wenig betrunken gewesen und wollte nur mal mit ihrem Mann Tacheles reden? Das würde ich nie mehr erfahren. Und wessen Handy hatte geklingelt? Wahrscheinlich das von Marie Becker, denke ich mir, was liegt näher als schnell mal ein Handy in die Tasche zu stecken, das auf dem Tisch liegt.

Wegener

Am siebenten Prozesstag ist Kommissar Ulf Wegener an der Reihe. Mein Schatten, der fleischgewordene Albtraum meiner inzwischen schlaflosen Nächte. Wäre ich nicht so angespannt gewesen, er wäre mir trotzdem auf Anhieb sympathisch gewesen, er sieht nett aus, dunkelblonde, gewellte, an den Schläfen bereits grau werdende Haare und schmale, fast bernsteinfarbene Augen, unter denen sich leichte Tränensäcke abzeichnen.

Ich gebe zu, Wegener hat mich das Fürchten gelehrt. Der Mann ist leider gut. Nachdem er auf dem Zeugenstuhl Platz genommen hat, schildert er die Situation, so wie er sie im Haus am Fichtenberg vorgefunden hatte.

„Lara Runge, die Witwe des Opfers Oliver Runge stand offensichtlich unter Schock“, sagt der Mordermittler. „Sie war nicht fähig, eine klare Aussage zu machen. Selbstverständlich ist Frau Runge noch am Tatort untersucht worden. Auf ihrer rechten Hand konnten Schmauch- und Blutspuren des getöteten Ehemanns gefunden werden. Lara Runge erklärte das damit, dass sie ihrem Ehemann über die Stirn beziehungsweise über das Einschussloch gestrichen habe. Wir haben Frau Runge als Tatverdächtige festgenommen und erkennungsdienstlich behandelt. Der Rechtsmediziner hat darüber hinaus ihre DNA-Spuren auf der Leiche ihres Ehemannes gefunden.“

„Das Tatmotiv ergab sich natürlich daraus, dass Lara Runge die Ehefrau des Opfers war“, stellt der Staatsanwalt fest. Er sieht dabei aus, als ob er den Satz aus dem Mund presst.

„Ja. Frau Runge hat dann immer wieder ihre Unschuld beteuert. Darüber hinaus gab sie an, den Mörder ihres Mannes gesehen zu haben. Sie hat den Mann so gut beschrieben, dass daraus ein Phantombild angefertigt werden konnte. Allerdings konnten wir keine Zeugen in der Nachbarschaft finden, die einen Mann zu diesem Zeitpunkt auf dem Fichtenberg gesehen haben. Deshalb sind wir der Spur nur sehr zögerlich nachgegangen“, gibt Wegener unumwunden zu.

Genau so war es!

„Wann haben Sie den Zusammenhang zu dem Mord in der Hüninger Straße hergestellt?“, will die Vorsitzende Richterin wissen.

„Selbstverständlich haben wir sehr schnell festgestellt, dass Simone Munich, die Ermordete vom Fichtenberg, die Witwe des ebenfalls einem Mord zum Opfer gefallenen Tobias Munichs war. Wir haben also fast sofort den Zusammenhang zwischen diesen Morden hergestellt. Die Entdeckung des Ballistikers, dass die Mordwaffe der Doppelmorde gleichzeitig auch die Tatwaffe des im Dezember ermordeten Tobias Munich war, kam kurz darauf. Für den Mord an Tobias Munich lag allerdings kein für uns plausibles Motiv bei Frau Runge vor. Deshalb haben wir ab diesem Zeitpunkt die Suche nach dem Täter auf einen größeren Personenkreis ausgeweitet.“

„Sie haben sich also auf die Suche nach einem Motiv

für die Morde begeben", presst Old Stoneface schmerzhaft zwischen seinen spitzen Zähnen hervor.

„Wir haben den gesamten Freundes- und Bekanntenkreis der Munichs untersucht, ebenso wie den von Oliver Runge", erklärt der Polizist. „Darüber hinaus haben wir alle schriftlichen Unterlagen im Haus der Munichs sowie die Inhalte der Festplatten sowohl von Simone als auch Tobias Munich als auch von Oliver Runge systematisch gesichtet."

„Und dabei haben Sie eine Entdeckung gemacht?"

„Das kann man wohl sagen", sagt der Kommissar.

Der Staatsanwalt hält eine Plastiktüte hoch, in der ein Schreiben eingeschweißt ist. „Handelt es sich um dieses Schreiben?", fragt er den Kommissar.

„Genau darum handelt es sich", bestätigt Wegener.

Old Stoneface reicht ihm das Schreiben und bittet ihn, seinen Inhalt vorzulesen. Wegener zieht eine Lese-Brille aus seiner Lederjackentasche und liest vor:

Einladung

Wir wissen alles. Du bist beobachtet worden, Florian Schneider, lass uns darüber reden. Sonntag, 12. Juli, 20 Uhr, bei Simone.

Ich sehe, wie die Schöffin tief durchatmet. Überraschung!

Das Schreiben wird als Beweisstück zu den Akten gegeben.

„Wo haben Sie dieses Schreiben gefunden?", fragt der Staatsanwalt.

„Wir haben diese Kopie in der Schublade des Schreibtisches von Simone Munich gefunden und außerdem als Datei im Notebook des Opfers Oliver Runge", erklärt Wegener.

„Wurden auf dem Ausdruck Fingerabdrücke gefunden?", fragt die Vorsitzende Richterin dazwischen.

„Ja, sowohl die von Oliver Runge als auch die von Simone Munich. Das Notebook von Oliver Runge lieferte uns dann den Täter auf dem Silbertablett."

Ich muss mich beherrschen, um nicht zu lächeln.

Spinnweben

Nachdem mein Weg endlich klar und deutlich vor mir lag, fing ich wieder an, mich mit Florian Schneider zu befassen. Der Mann war, aus welchen Gründen auch immer, zum Mörder geworden. Ich konnte also davon ausgehen, dass seine Hemmschwelle bezüglich weiterer Morde sehr niedrig sein würde. Und so begann ich, wie eine dicke, schwarze Spinne ein Netz zu weben.

Ich fing bei meinem Exmann an. Zunächst musste ich Zugang zu seinem Rechner bekommen. Das war nicht wirklich schwierig, denn Oliver hatte mir vor einiger Zeit gesagt, dass er so gern den Teil unserer gemeinsamen Urlaubsfotos auf seinem Rechner hätte, die ich mit meiner Kamera gemacht hatte und die auf meiner Festplatte geladen waren beziehungsweise sich auf diversen Sticks und Speicherkarten befanden. Die konnte ich ihm ja schlecht per E-Mail schicken und auch die Cloud war mit den vielen, vielen MB überfordert, vor allem, weil die meisten Fotos aus einer Zeit stammten, als man noch nichts in den Wolken ablegte. Ich hatte ihm vorgeschlagen: „Bring mir doch einfach deinen Laptop vorbei, ich lade dir die Dinger dann direkt rauf."

Da Oliver seinen Laptop ausschließlich zum Spielen und zum Kaufen benutzte und keine private Korrespondenz darauf war, hatte er mir den Rechner nach Hause gebracht.

„Gib mir ein paar Tage“, hatte ich ihn an der Wohnungstür abgefertigt. Wie arglos er doch war, so absolut ohne schlechtes Gewissen.

An einem Samstagnachmittag machte ich mich an die Arbeit. Ich überspielte ihm per Kabel von verschiedenen Rechnern, externen Festplatten und Fotoapparaten unsere ganzen gemeinsamen Erinnerungen auf sein Ultrabook. Gigabyte um Gigabyte zog unser gemeinsames Leben an mir vorbei. Unsere erste gemeinsame Reise nach Wien, zwischen Oliver und mir saß in der Kutsche der riesige dottergelbe Plüschbär, den er mir im Prater geschossen hatte. Da war das Dirty Weekend in Usedom, wo es draußen stürmte, das Meer die Gischt meterhoch peitschte und wir das Bett nicht verlassen hatten – ein Foto mit abgegessenem Frühstückstablett zwischen zerwühlten Laken. Das Restaurant auf der Alm in Kitzbühel, wo Oliver sich an Moosbeeren-Nocken vergiftet und den Rest des Urlaubs auf der Toilette verbracht hatte. Die Hafenrundfahrt in San Francisco, bei der ich mit der Gefängnisinsel Alcatraz im Hintergrund auf dem Schiff posiere, die Delfine, die uns beim Sonnenuntergang vor Sanibel verfolgten, die Quadtour durch die marokkanische Wüste. Mein Leben mit Oliver wie in einer Laterna magica.

Immer rauf damit auf seinen Rechner, ich legte Ordner an, die ich sorgfältig beschriftete. „Madrid Ostern 2010“, „Koh Samui Dezember 2011“. „Advent“. Die Fotos „Advent“ druckte ich aus. Zweifach.

Ich schaute mir an, was Oliver sonst noch für Ordner auf seinem Rechner hatte. Da gab es zwar einen Ordner „Dokumente“, aber darin befand sich nur belangloser

Quatsch. Er hatte sich ab und zu etwas heruntergeladen, mein ehemals geliebter Ehemann hasste es zu tippen („dafür habe ich eine Sekretärin“), so dass sich hier nur kopierte Rezepte für irgendwelche „abgefahrenen Drinks“, wissenschaftliche Erkenntnisse zum Radfahren und ähnlicher Unsinn befand, den er sich nie und nimmer irgendwann noch einmal anschauen würde. Ich öffnete Word und schrieb einen Brief, den ich ausdruckte und in seinen Dokumenten speicherte. Der Bosnier, der immer vor dem Gelände der Stadtreinigung mit einem Schild „Suche Computer & Zubehör“ stand, freute sich sehr über den neuwertigen Drucker.

Die 4. Mordkommission

„Die Fotos, die wir auf dem Laptop von Oliver Runge gefunden haben, sind mit einer Infrarotkamera aufgenommen worden. Die Fotos sind mit Datums- und Zeitangabe versehen und zeigen den Angeklagten klar und deutlich zur Tatzeit auf der Terrasse des Hauses in der Hüninger Straße“, fährt Ulf Wegener fort. „Jetzt also hatten wir einen Namen und dazu nicht nur ein Gesicht, sondern sogar den Beweis, dass sich Florian Schneider zum Zeitpunkt des Mordes an Tobias Munich in dessen Haus befand. Darüber hinaus fiel uns auf, dass das Gesicht dem Phantombild sehr ähnlich sah, das aufgrund der Beschreibung von Lara Runge angefertigt worden war. Wir legten das Foto sowohl Marie Becker als auch dem Anwalt Nils Lange vor. Beide identifizierten eindeutig den Mann als Florian Schneider.“

„Sind diese Fotos von Simone Munich oder von Oliver Runge gemacht worden?“, fragt Rechtsanwalt Börner.

„Wir haben im Haus der Simone Munich eine Infrarotkamera gefunden, in der sich ein Mikrochip mit diesen und weiteren Fotos von Florian Schneider befand. Wir gehen davon aus, dass Oliver Runge diese Fotos geschossen hat, Simone Munich schied aus, da sie zur Tatzeit mit ihrer Freundin eine DVD angeschaut hatte“, berichtet Kommissar Wegener.

„Jetzt hatten Sie also nicht nur ein Motiv für den Doppelmord, sondern auch den Namen des Mörders“, stellt Old Stoneface fest.

„Das Motiv des Doppelmordes war damit klar: Es handelte sich eindeutig um die Vertuschung einer Straftat. Oliver Runge und Simone Munich haben vermutlich versucht, den Mörder des Ehemannes von Simone Munich zu erpressen. Wieso der Mörder bei seiner Tat beziehungsweise kurz danach beobachtet wurde, entzieht sich unserer Kenntnis. Es ist möglich, dass Simone Munich Oliver Runge mit der Überwachung beauftragt hat, um eventuell Informationen für die bevorstehende Scheidung zu sammeln. Zumindest sind wir sicher, dass derjenige, der diese Fotos gemacht hat, die bisher ungeklärten Fußspuren im Haus von Tobias Munich hinterlassen hat.“

Ich entspanne mich. Denn wegen dieser blöden Fußabdrücke hatte ich die ganze Zeit gezittert.

Außer mir sitzen in den Zuschauerreihen im Gerichtssaal noch Vera Nentwig, die Zeugin, die den toten Tobias Munich gefunden hat, sowie Simones Putzfrau. Ganz hinten in der Ecke sitzt ein einsamer Mann, ich denke, er ist Journalist, denn er hat sich an jedem Prozesstag Notizen gemacht. An manchen Prozesstagen waren mehrere Journalisten und auch einige Jurastudenten im Publikum gewesen, aber heute war es hier erstaunlich leer.

Aber dann ist da natürlich meine Mutter, die in den letzten Prozesstagen so oft meine Hand gehalten hat. Auch jetzt drückt und tätschelt sie meine Hand, die inzwischen vor Aufregung schon ganz schwitzig ist.

Die Walther P38 meines Vaters ruht seit Langem wieder in dieser Kiste ganz hinten auf Mamas Dachboden.

Meine Mutter hat nicht mal gemerkt, dass ich sie ihr entwendet hatte. Ich habe sie ihr zurückgebracht am Tag, nachdem ich den Mord an Tobias Munich beobachtet hatte. Ich war kaum die Hühnerleiter auf den Boden hinaufgekommen, so hatten damals meine Knie gezittert. Die Angst vor der Entdeckung hatte mir fast die Luft zum Atmen genommen.

Was für eine Ironie des Schicksals, dass Florian Schneider eine Waffe gleicher Bauart benutzt hat. Woher er wohl den Schalldämpfer hatte? Wahrscheinlich hat Schneider die Waffe im Landwehrkanal versenkt, gefunden wurde sie jedenfalls nicht bei ihm.

Ich sehe, wie Florian Schneider seinem Anwalt Börner verzweifelte Blicke zuwirft.

„Wenn ich Sie richtig verstanden habe“, sagt Richterin Liesaus, „dann gab es ein eindeutiges Motiv für den Doppelmord an Oliver Runge und Simone Munich. Aber was war das Motiv für den Mord an Tobias Munich?“

„Das ist eine etwas komplizierte Geschichte“, sagt Wegener. „Da der Verdächtige dazu bisher geschwiegen hat, haben wir bis weit hinein in die Vergangenheit der Opfer recherchiert. Es musste ein Motiv geben, das in eben dieser Vergangenheit lag.“

„Und haben Sie dieses mutmaßliche Motiv gefunden?“

„Ja, das haben wir. Zum Zeitpunkt der Festnahme arbeitete Herr Schneider bei einer großen deutschen Versicherung. Er leitete die Abteilung Inhouse Consulting.“

„Ist für diesen Bereich nicht ein abgeschlossenes Studium Grundvoraussetzung? Wenn ich mich recht entsinne, so hat er der Zeugin Marie Becker erzählt, dass er niemals mehr Abitur gemacht hat nach seinem Schulverweis“, fragt der Staatsanwalt.

„Selbstverständlich ist dafür ein wirtschaftswissenschaftliches Studium eine Grundvoraussetzung, zumal für eine leitende Position.“

„Und hatte der Angeklagte einen Hochschulabschluss in einem wirtschaftswissenschaftlichen Studiengang nachzuweisen?“

„Nun, er hat zumindest in seiner Personalakte Zeugnisse und Diplome verschiedener Hochschulen, darunter aus Harvard vorliegen.“

„Konnte der Angeklagte ohne Abitur zu diesen Studiengängen Zugang erhalten?“

„Unmöglich. Wir haben die Personalakte von Florian Schneider einer gründlichen Prüfung unterzogen. Die Zeugnisse stellten sich als komplette Fälschung heraus, Florian Schneider hat nie Abitur gemacht oder eine Universität von innen gesehen.“

„Was hat der zugegeben zweifelhafte Werdegang des Angeklagten mit dem Mord an Tobias Munich zu tun?“, fragt Old Stoneface.

„Da wir auch das Leben und die beruflichen Tätigkeiten von Tobias Munich durchleuchtet haben, ist uns natürlich aufgefallen, dass der Ermordete die Versicherung, bei der Florian Schneider in leitender Position angestellt war, auf seiner Kundenliste hatte. Wir gingen also davon aus, dass Schneider und Munich irgendwie beruflich aufeinandergetroffen sind, und haben entsprechend ermittelt. Und richtig, es zeigte sich, dass Munich von der Versicherung beauftragt worden war, die Abteilung Inhouse Consulting einer ökonomischen Prüfung zu unterziehen. Dabei musste er unweigerlich auf Florian Schneider treffen. Aufgrund der gemeinsamen Vergangenheit der beiden musste der Angeklagte davon ausgehen, dass seine Hochstapelei und seine Dokumentenfälschung auffliegen würden und seine inzwischen gemachte Karriere damit beendet wäre. Er musste Tobias Munich stoppen."

So war das also gewesen. Florian Schneider hat drei Menschen ermordet, um andere Straftaten zu vertuschen. Da wird ihm sein Anwalt Börner nicht mehr helfen können. Florian Schneider ist erledigt.

Die Richterin Liesaus fragt den Angeklagten, ob er sich zu diesen Aussagen äußern möchte. Florian Schneider verneint. Er hat bis jetzt nichts zu seiner Verteidigung gesagt. Allerdings schaut er mich zwischendurch immer durchdringend an. Ob er ahnt, dass ich ihn benutzt habe? Die Große Vorsitzende fragt den Staatsanwalt, ob damit die Beweisaufnahme abgeschlossen sei. Old Stoneface bestätigt das. Er sieht heute sehr zufrieden aus. Das Gericht vertagt sich auf den achten Prozesstag.

Das Netz zieht sich zu

Letztendlich, entschied ich, war es egal, wie, wo und unter welchen Umständen sich Tobias und Florian begegnet waren. Eins schien mir klar: Florian hatte einen guten Grund, Tobias aus dem Weg zu räumen. Und dieser Grund konnte nur in ihrer Vergangenheit liegen. Weshalb begehen Menschen einen Mord? Es gibt nicht so viele mögliche Motive, sagte ich mir. Entweder es geht um enttäuschte Liebe beziehungsweise um Eifersucht. Oder es geht um Rache. Oder um die Vertuschung einer anderen Straftat. Um enttäuschte Liebe und Eifersucht würde es sich bei Florian mit Sicherheit nicht handeln. Denn Simone war dabei, sich von Tobias scheiden zu lassen. Selbst wenn Florian Simone als Schüler mal geliebt hatte, das war lange vorbei und vergessen. Also kamen nur noch Rache oder die Vertuschung einer anderen Straftat in Frage. Ich tippte auf die Vertuschung einer anderen Straftat, das war das Einzige, was Sinn ergab. Allerdings war das für mein Vorhaben unerheblich.

Die entscheidende Frage schien mir: Wie war Florians Verhältnis zu Simone? Hatte Simone ihn mit dem Mord beauftragt? Ich musste sichergehen, dass Simone und Florian nicht gemeinsame Sache machten, denn das würde meine Pläne durchkreuzen. Tagelang hatte ich diese Gedanken hin und hergewälzt. Es gab nur eine Möglichkeit, das herauszufinden. Also heftete ich mich an die Fersen von Simone. Wenn man mich entdecken würde, sagte ich mir, könnte ich mich immer damit herausreden, dass ich die eifersüchtige Ex ihres Geliebten wäre.

Langsam wurde ich Spezialist im Beobachten von Menschen. Ich variierte meine Art der Fortbewegung: mit meinem eigenen Wagen, mit Mietwagen, mal kam ich sogar zu Fuß, mal mit dem Taxi. Ich beobachtete Simone den ganzen Mai, sie hat nicht einmal Kontakt zu Florian gehabt. Stattdessen ging mein Herr Gemahl ein und aus in ihrem Haus, die beiden schienen so verliebt, wie man nur verliebt sein kann. Wenn ich bis dahin schon keine Mordgedanken gehabt hätte, in diesen Wochen, in denen ich Simone beobachtete, wuchs meine Wut von Tag zu Tag. Zwischendurch schaute ich immer mal wieder bei Florian Schneider vorbei – an seinem Tagesablauf hatte sich nichts geändert. Und so beschloss ich Mitte Juni, sobald die Sommerferien anfingen, endlich zur Tat zu schreiten. Ich konnte kaum erwarten, dass endlich etwas passierte. Also fieberte ich den großen Ferien entgegen, denn für mein Vorhaben brauchte ich Zeit. Es kam darauf an, dass ich im richtigen Moment zur richtigen Zeit am richtigen Ort war. Und dafür musste ich erstmal frei von jeglichen anderen Verpflichtungen sein.

Ich hatte Mühe, mich auf meine Aufgabe und auf meine Schüler zu konzentrieren, denn all mein Sehnen und mein Streben war auf mein großes Vorhaben ausgerichtet, so dass ich zum Schluss richtig hampelig wurde. Aber dann endlich, endlich war es soweit, die Schulglocke läutete die Ferien ein.

„Nein“, hatte ich zu Ina gesagt, „ich will diesmal nicht

wegfahren, ich werde meine Wohnung renovieren und für mich alleine einrichten, darauf freue ich mich."

Petrus spielte mir in die Hände. Der Wetterbericht hatte ein sehr stabiles Hoch angekündigt. Berlin erlebte die erste Hitzewelle des Jahres und bis auf Weiteres sah es nicht nach Abkühlung aus. Am ersten Ferientag war es soweit: Nach einem ausgiebigen Frühstück streifte ich mir ein Paar Latex-Handschuhe über.

Ich hatte alles auf meinem „Denkertisch" zurechtgelegt: einen neutralen, weißen Umschlag, die Fotos, die ich an dem Abend im Dezember vor und in dem Haus von Tobias Munich gemacht hatte, und den Brief, dessen Kopie auf Olivers Festplatte unter dem Titel „Advent" lagerte. Wieder und wieder las ich den Text.

Natürlich hatte ich alles vorher sorgfältig mit einem weißen Küchentuch von jeglichen Fingerabdrücken gereinigt. Und nein, selbstverständlich habe ich nicht an der Briefmarke geleckt, die ich auf den Brief pappte, bevor ich ihn in den Briefkasten warf.

Mein Plan schien mir perfekt. Jetzt hieß es warten. Würde sich meine gute Menschenkenntnis bestätigen? Ich nahm die Verfolgung von Florian Schneider auf. Denn wenn ich Recht hatte, dann würde er vor dem gesetzten Termin zuschlagen. Dann, wenn Simone und Oliver es seiner Meinung nach nicht erwarten würden.

Und richtig. Bereits am nächsten Tag folgte ich Florian Schneider zum Haus von Simone. Er peilte – wie erwartet – zunächst nur die Lage. Wie schön, dass Oliver gerade aus dem Haus kam, als Florian über den Fichtenberg rollte. Ich ging davon aus, dass Florian die Dunkelheit suchen würde. Was im Juli ein wenig schwierig war, denn es wurde ja nicht gerade früh dunkel. Mehrere Tage hintereinander beobachtete Florian Schneider das Haus von Simone und das dortige Kommen und Gehen. Er schien nicht mal im Traum auf den Gedanken zu kommen, dass er selbst beobachtet wurde, denn er verhielt sich absolut sorglos. Ich war für alle Eventualitäten gerüstet. Natürlich war ich jetzt mit meinem eigenen Auto unterwegs, ich brauchte ja keine Angst vor Entdeckung zu haben, eine Ehefrau, die ihren untreuen Mann observiert, gehört wohl noch in den Bereich „Normalfall".

Am Samstag, den 11. Juli war es soweit. Florian Schneider fuhr zunächst zum Fichtenberg. Offensichtlich wollte er sehen, ob der Porsche Cayenne von Simone und der Mercedes von Oliver vor der Tür standen. Denn dass Oliver der Geliebte von Simone war, hatte Florian auf jeden Fall mitbekommen, er hatte in den vergangenen Tagen mehrmals Olivers Mercedes verfolgt. Als er die beiden Autos auf dem Fichtenberg gesichtet hatte, fuhr er vor bis zur Rothenburgstraße und parkte dort seinen Wagen. Zu Fuß ging er zurück zum Fichtenberg, wo ich bereits gegenüber eine Parklücke gefunden hatte. Ich war mir ziemlich sicher, was Florian Schneider auf dem Fichtenberg zu erledigen hatte. Ich schaute auf die Uhr, es war kurz vor drei. Der Fichtenberg lag wie ausgestorben da. Viele Berliner waren bereits in den Urlaub gefahren, der Rest der Anwohner war um diese Zeit am Samstag entweder einkaufen oder läuteten nach dem Mittagessen mit einem kleinen Nickerchen das Wochenende ein. Niemand, wirklich niemand interessierte sich für einen

Passanten auf dem Fichtenberg. Außer mir, natürlich. Keine schlechte Zeit für einen Mord.

Ich hatte alles vorbereitet. Die Latexhandschuhe, die Kopien der Fotos und des Briefes lagerten in einer Plastiktüte in meiner Handtasche, ebenso die Infrarotkamera. Noch nie war ich in meinem Leben so ruhig gewesen. Es war, als ob ich einem Uhrwerk zuschauen würde, über dessen Präzision ich mich freute.

Florian Schneider klingelte an dem Grundstück, Simone öffnete die Tür, schien erstaunt und – ja, das war das richtige Wort – erfreut, Florian Schneider zu sehen. Sie drückte auf den Öffner für das Gartentor, Florian Schneider trat ein, schloss behutsam das Tor hinter sich und ging zu Simone, die ihn mit einem Kuss auf die Wange begrüßte. Jetzt hieß es abwarten. Würde mein Plan hinhauen? Ich hatte nur einen Versuch.

Meine Augen wanderten zwischen der Uhr auf meinem Armaturenbrett und Simones Haustür hin und her. Und dann, geradezu überpünktlich ging die Haustür auf und Florian Schneider verließ wieder das Haus. Er hatte genau drei Minuten gebraucht.

Er schloss das Gartentor und richtete seine Schritte Richtung Grunewaldstraße, wahrscheinlich würde er von dort dann zu seinem Auto in der Rothenburgstraße laufen. Schneider ging langsam, so als ob er nichts zu verbergen hätte, als ob er vor nichts wegrennen würde. Der Kerl war kaltblütig, das musste man ihm lassen.

Ich wartete, bis er außer Sichtweite in der Grunewaldstraße verschwunden war, stieg aus und ging zu Simones Haus. Ich klingelte, aber wie erwartet öffnete niemand.

Das war ein gutes Zeichen, ich hatte über diese Minuten vorher wieder und wieder nachgedacht.

Ich ging kein Risiko ein, denn wenn einer von den beiden noch leben würde, dann könnte ich immer sagen, ich wollte Oliver sprechen, und die Entsetzte spielen, dass die durchtriebene Simone mit meinem Mann zusammen war.

Natürlich wusste ich vorher nicht, ob ich in das Haus eindringen und die Leichen finden konnte. Aber ich war mir sicher, dass irgendwo im Erdgeschoss die Fenster weit geöffnet waren, es war einfach zu warm und zu stickig, als dass man bei diesem Wetter die Fenster geschlossen hielt. Mir war klar, dass ich als Ex-Frau von Oliver sofort unter Verdacht stehen würde, deshalb musste ich der Polizei ein Mordmotiv und den Täter präsentieren.

Und das ging nur, wenn ich Florian Schneider beschreiben konnte.

Aber der Zufall spielte mir in die Hände. Nachdem ich die Gartenpforte geöffnet hatte, stellte ich fest, dass die Haustür nur angelehnt war. Bingo. Ich betrat das Haus über einen kleinen Windfang und stolperte fast über die beiden Leichen, die in der Diele auf der Erde lagen. Sie waren noch warm, aus den Schusswunden in der Stirn war kaum Blut ausgetreten, aber sie waren absolut tot, wie ein Test mit meinem Taschenspiegel zeigte. Schnell schaute ich mich in dem Haus um. Von der Diele ging ein großer Wohnraum ab, der auf die riesige Terrasse führte. Vor dem rechten Terrassenfenster stand ein antiker Schreibtisch. Ich zog meine Latexhandschuhe über und holte die Fotos und einen Ausdruck des Briefes aus meiner Tasche. Der Schreibtisch hatte eine große und zwei kleine Schubladen. Ich zog die große Schublade auf, Simone hatte ganz offensichtlich keinen Ordnungsfimmel gehabt. In der Schublade stapelten sich die Papiere, Rechnungen, Infoschreiben, der Steuerbescheid vom Finanzamt.

Das war genau der richtige Ort. Ich lief zurück zu den beiden Leichen, nahm den Brief und die Fotos und drückte sie den beiden nacheinander immer wieder in die Hand, so dass ihre Fingerabdrücke überall auf den Ausdrucken waren. Dann rannte ich in das Wohnzimmer und versteckte die Ausdrucke zwischen dem gesammelten Papierkram von Simone. In einem sehr hübschen Biedermeierschrank in der Diele versteckte ich die sogar im Inneren gereinigte Infrarotkamera, die ich ebenfalls vorher dem lieben Oliver in die Hand gedrückt hatte. Vorher hatte ich ihm noch die Speicherkarte in die Hand gegeben und sie dann wieder in die Kamera zurückgesteckt.

Zum Schluss zog ich mit einem Taschentuch die Latexhandschuhe aus und versteckte sie in der Küche unter der Spüle, wo man so etwas in einem gut sortierten Haushalt normalerweise aufbewahrt. Natürlich habe ich die Innenseiten mit dem Tempotuch abgewischt.

Geschafft! Ich atmete durch. Showtime, Lara, sagte ich mir. Ich ging zurück in die Diele, strich erst Simone und dann meinem Ehemann über die Stirn, befingerte seine Wunde auf dem Bauch und wischte mir die Hände an meinen Leinenhosen ab. Dann ließ ich mich neben den Leichen auf den Boden fallen, so als ob ich beim Nachgucken, ob Oliver noch lebt, hingefallen wäre. Dann rappelte ich mich wieder auf und schrie aus Leibeskräften. Nicht, dass mich jemand hier hören konnte, aber sicher war sicher. Und dann nestelte ich mein Handy aus der Handtasche und wählte 110. Es war fünfzehn Uhr dreizehn.

Es dauerte acht Minuten, dann zerriss das Tatütata der Rettungskräfte die samstägliche Stille auf dem Fichtenberg. Zuerst traf die Feuerwehr ein. Ich lief den Feuerwehrleuten panisch entgegen.

„Da, da, da liegen sie", sagte ich und zeigte auf den Eingang. Gleichzeitig traf ein Polizeiwagen ein. Stephan Falkner und sein Kollege.

Die beiden hatten mich erstmal wieder ins Haus geschickt. Während Stephan Falkner mir ein Glas Wasser brachte, sondierte sein Kollege die Situation. Er brauchte geschlagene fünf Minuten, um zu entscheiden, dass hier die Mordkommission gefragt war.

Ich werde diese albtraumhaften Minuten niemals vergessen. Die Sanitäter von der Feuerwehr hatten sehr schnell festgestellt, dass die beiden Körper, die auf der Erde im Eingang lagen, nicht mehr wiederzubeleben waren.

Falkner hatte mich in einen Sessel ins angrenzende Wohnzimmer bugsiert, wo er versuchte, mich mit dem Wasser wieder auf Normalniveau zu bringen. Ich hörte, wie er die Feuerwehrleute fragte, ob sie mir eine Beruhigungsspritze geben könnten. Denn ich zitterte am ganzen Körper, was Falkner auf Schock zurückführte, dabei war es die nackte Angst, die mich schüttelte. Ich sagte nur: „Nein, bitte keine Spritze, bitte nicht, es ist schon gut, gleich ist es wieder gut", ich wollte auf jeden Fall verhindern, dass man mir irgendetwas spritze, was meine Reaktionen verlangsamte und mich nicht mehr klar denken ließ. Denn natürlich wusste ich, dass jetzt alles darauf ankam, dass ich sauber und gerade tickte. Und so stammelte ich drauflos: „Der Mann, ich habe einen Mann gesehen, der kam hier aus dem Haus, gerade als ich geparkt hatte, da kam der raus."

„Können Sie den Mann beschreiben?", hatte Falkner gefragt und ich beschrieb ihn, so wirr es mir möglich war. Mir war klar, dass ich das noch mehrmals würde wiederholen müssen, die beiden Polizisten, die zuerst am Tatort waren, kamen aus der Wache, sie würden der Mordkommission berichten, was ich gesagt hatte. All das hatte Falkner natürlich bereits dem Gericht geschildert.

Der Kollege von Falkner hatte die Mordkommission gerufen und die trafen bald in großem Aufgebot ein. Ich wurde von Falkner an einen Kommissar Ulf Wegener von der 4. Mordkommission übergeben, der angeblich die Ermittlungen leitete.

Im Haus war ein Tohuwabohu ausgebrochen, das seinesgleichen suchte. Das Grundstück war abgesperrt worden, Männer in weißen Schutzanzügen turnten um die Leichen herum, es wurden Fotos gemacht und ein Gerichtsmediziner schien erste Untersuchungen an den Toten vorzunehmen.

Von nun an war Wegener mein Schatten, und ich gab mich so durchgeknallt, wie man nur durchgeknallt sein konnte.

Die Plädoyers

Nachdem die Beweisaufnahme abgeschlossen ist, sind heute die Plädoyers der Anklage und der Verteidigung dran. Old Stoneface fasst in seinem Plädoyer nochmals alles im Prozess Gehörte zusammen.

Er erinnert an seinen Anklagesatz: „Als Mörder gilt nämlich nur, wer aus Mordlust, zur Befriedigung seines Geschlechtstriebs, aus Habgier oder anderen niedrigen Beweggründen, heimtückisch oder grausam oder mit gemeingefährlichen Mitteln oder um eine andere Straftat zu ermöglichen oder zu verdecken, einen Menschen tötet. In diesem Sinne ist Florian Schneider schuldig geworden. Er hat sich des Mordes in drei Fällen schuldig gemacht, um eine andere Straftat zu verdecken. Deshalb fordert die Anklage eine lebenslängliche Haftstrafe“, beendet Old Stoneface sein Plädoyer.

Ja! So wird es sein. Ich bin gespannt, wie Rechtsanwalt Börner in seinem Plädoyer dagegenhalten kann. Denn Börner hatte nicht die Chance, irgendeinen Zeugen zur Entlastung seines Klienten beizubringen, und sein Klient hatte sich geweigert, zur Tat Stellung zu nehmen. Und so setzt Börner dann auch zu seinem Plädoyer an, wie ich es vermutet habe:

„Wir haben hier einen Haufen Indizien, aber keine endgültigen Beweise. Bilder mit Zeitaufdruck sind einfach zu manipulieren, man braucht nur eine falsche Zeiteinstellung einzugeben, bevor man fotografiert.

Dass Florian Schneider am zweiten Tatort war, wurde nur durch die Aussage der Ehefrau des Opfers festgestellt. An der man begründete Zweifel haben kann, denn die Ehefrau selbst hatte Motiv, Zeit und Gelegenheit, selbst den Mord zu begehen. Für meinen Mandanten spricht, dass es keine rechtsmedizinischen Beweise für seine Schuld gibt. Eine Waffe ist nie gefunden worden, die Waffe konnte darüber hinaus nicht zu ihm zurückverfolgt werden. Das sogenannte Erpresserschreiben ist nicht bei ihm gefunden worden. Es sind weder schwarze Kleidungsstücke mit der hier vorgestellten Gewebemischung bei ihm gefunden worden, noch fanden sich an seiner sandfarbenen Cargohose irgendwelche Schmauchspuren. Es gab keine DNA- oder sonstige Spuren an den Tatorten, die auf Florian Schneider hindeuten. Ich sehe also berechtigte Zweifel an den Indizien, die auf eine Täterschaft von Florian Schneider hindeuten, und plädiere deshalb auf *nicht schuldig*."

Die Große Vorsitzende fragt den Angeklagten, ob er noch ein letztes Wort sagen möchte. Florian Schneider, der von seinem Aussageverweigerungsrecht Gebrauch gemacht und bisher außer seinem Namen, seinem Geburtsdatum und seiner Adresse nichts gesagt hatte, fügt dem nur ein lautes „Nein, danke!" hinzu.

Ich spüre es. Er ist erledigt.

Das Urteil

„Es ergeht folgendes Urteil im Namen des Volkes ...“

Mein Herz klopft so laut, dass ich wieder Angst habe, dass man es hört. Meine Mutter streichelt meine Hand. Am liebsten würde ich ihr die Hand wegziehen, nicht jetzt, möchte ich laut schreien, ich will jetzt nicht angefasst werden.

„Der Angeklagte Florian Schneider wird wegen Mordes in drei Fällen zu einer lebenslangen Gesamtfreiheitsstrafe verurteilt.

Die besondere Schwere der Schuld des Angeklagten wird festgestellt. Der Angeklagte hat die Kosten des Verfahrens zu tragen ...“

Ich höre nicht mehr die weitere Begründung, sie ist mir auch egal. Es ist vorbei. Das Gericht hat Recht gesprochen.

Als die Verhandlung geschlossen wird, warte ich, bis sich der Gerichtssaal leert. Dann stehe ich auf und gehe zu dem Angeklagten, bevor er für den Rest seines Lebens in eine Zelle abgeführt wird.

„Ich danke Ihnen aus tiefstem Herzen“, sage ich lächelnd, drehe mich um und gehe in mein neues Leben.

Immer gerade aus, direkt ins Sonnenlicht.

Danke!

Ich bedanke mich herzlich bei meiner „alten“ Freundin, der Gynäkologin Dr. Barbara Falley, für ihren fachkundigen Rat in Sachen Mammakarzinom. Das Schicksal hat mich bis heute vor dieser schrecklichen Krankheit verschont. Ich muss zugeben, dass das Leiden meiner Lara Runge mir beim Schreiben derart unter die Haut ging, dass mir zwischenzeitlich tatsächlich selbst die Haare ausfielen.

Ein ganz großes Dankeschön geht an die Strafrechtlerin Kristina Müller, die sich mein Manuskript akribisch vorgenommen hat. Ihre fachkundigen Anmerkungen werden mich hoffentlich davor bewahren, mich vor allen Richtern, Staatsanwälten und Rechtsanwälten lächerlich zu machen. Ich bin sicher, dass Kristina Müller Florian Schneider besser verteidigt hätte als mein Rechtsanwalt Börner. Aber genauso wie mit der stationären Brachytherapie, die in Berlin so nicht durchgeführt wird, habe ich mir ein wenig dichterische Freiheit gegönnt.

Und dann geht mein Dank natürlich an meine TestleserInnen. Es ist immer Zittern angesagt, bis man die ersten Rückmeldungen bekommt. Danke, dass ihr mir Mut und mich auf Fehler aufmerksam gemacht habt:

Christiane Bäcker
Uwe Dreier
Monique Friedrichs
Kerstin Haake
Melanie Kienitz
Monika Kleibel
Holger Kohlhepp
Markus Latt
Barbara Reishofer
Karin Rindlisbacher
Claudia Roßdeutscher
Sylvia Schneider
Kerstin Schönberger
Britta Tlili

Ich wünsche allen meinen Leserinnen, für die der Arzt leider eine schlechte Nachricht hatte, dass Sie diese dunkle Zeit mit einem lieben und verständnisvollen Partner an Ihrer Seite durchstehen können.

Kontakt

Danke, dass Sie dieses Buch gekauft haben. Ich habe es für Sie geschrieben, deshalb freue ich mich darauf, von Ihnen zu hören, ob und wie es Ihnen gefallen hat. Wenn Sie mir eine Mail mit Ihren Gedanken senden, verspreche ich, Ihnen zu antworten.

nikalubitsch@yahoo.de

Über eine Rezension bei amazon freue ich mich natürlich besonders.

Wenn Sie mehr über mich erfahren wollen, dann besuchen Sie mich auf

www.facebook.com/NikaLubitsch

oder lesen Sie über die wundersame Welt der Nika Lubitsch auf

http://nikalubitsch.blog.de/.

Weitere Romane von Nika Lubitsch

Der 7. Tag

„Der 7. Tag“ ist ein hinterhältiger Kriminalroman mit unerwartetem Ausgang. Sybille und Michael sind ein glückliches Paar, jetzt endlich erwarten sie ein Baby. Da verschwindet Michael spurlos. Sybille befindet sich mitten in einem Albtraum, aus dem es kein Erwachen gibt. Als ihr Mann erstochen aufgefunden wird, gibt es nur eine Verdächtige: seine Ehefrau. Die Anklage lautet auf Mord. Während Sybille vor Gericht den Ausführungen der Zeugen zuhört, zieht ihr gemeinsames Leben an ihr vorbei. Am siebenten Prozesstag erkennt Sybille plötzlich die Wahrheit. Sie muss sie nur noch beweisen.

Das Buch stand monatelang auf Platz 1 der Kindle-Bestsellerliste und ist in viele Sprachen übersetzt worden. Oliver Berben hat dafür die Filmrechte erworben.

Mvg-Verlag
ISBN-10: 3868824472
ISBN-13: 978-3868824476

Das 5. Gebot

Die Engländerin Vicky findet beim Joggen im Berliner Grunewald eine Leiche, die aussieht wie eine Zwillingsschwester. Als ihre Mutter in England getötet wird und Vicky mit viel Glück einen Mordversuch überlebt, ahnt sie, dass es ein dunkles Familiengeheimnis geben muss. Die Suche nach der Wahrheit führt Vicky quer durch Europa und weit zurück in die Vergangenheit. Es beginnt ein Wettlauf mit dem Tod.

Auch der zweite Roman von Nika Lubitsch konnte wieder Platz 1 der Kindle-Bestsellerliste erreichen.

Mvg-Verlag
ISBN-10: 3868824650
ISBN-13: 978-3868824650

Das 2. Gesicht – Thriller

Nach einer überstürzten Hochzeit folgt Julia dem weltberühmten Thrillerautor George Osterman nach Amerika und findet sich unversehens mutterseelenallein in seinem luxuriösen Anwesen in Florida wieder – George zieht es vor, seine Thriller an einem geheimen Ort zu schreiben. Doch dann tauchen in den Everglades Leichenteile auf, deren Verstümmelungen Julia erschreckend an Georges Bücher erinnern. Wer ist der Mann, den sie geheiratet hat und der sich jetzt vor ihr in seinem Strandhaus versteckt? Gemeinsam mit ihrer Freundin begibt sie sich auf die Suche nach dem wahren Ich ihres Mannes. Sie werden in einen tödlichen Strudel von Ereignissen gerissen, zu denen George Osterman das Drehbuch schrieb.

Und aus der Krimi-Reihe Kudamm 216:

Erbsünde:

Die arbeitslose Journalistin Judith, Generation Praktikum, erhält einen Recherchejob bei der alten Krimiautorin Alice von Kaldenberg am „Kudamm 216". Dass sie bereits bei ihrem ersten Interview Opfer eines Verbrechens wird, stand nicht in ihrem Arbeitsvertrag. Zusammen mit ihren Kollegen soll sie die Hintergründe des Mordes an einem Berliner Schönheitschirurgen aufklären. Dabei wird schnell klar: Der Professor war kein Chorknabe und seine Familie hat so manch dunkles Geheimnis, das weit in die Vergangenheit führt und nicht nur Judith in Lebensgefahr bringt.

„Erbsünde" ist der Start in eine neue Reihe rund um das Team vom Kurfürstendamm 216. Der zweite Roman dieser Reihe wird im Frühsommer 2014 erscheinen.

Mvg-Verlag
ISBN-10: 3868825037
ISBN-13: 978-3868825039

Sommernachtsmord

Und noch ein heikler Auftrag für „Lady Kaa“ und ihr Team vom Kudamm 216.

In Berlin Wannsee werden zwei Leichen gefunden. Die Ermordeten hatten sich 1968 während einer Klassenfahrt abgesetzt, angeblich in das Heiratsparadies Gretna Green. Seitdem fehlte von ihnen jede Spur. Jetzt steht Konstantin von Kaldenberg unter Mordverdacht, denn die Ermordeten waren seine Geliebte und sein bester Freund. Kaldenberg gerät in Panik und bittet seine Exfrau, die Krimiautorin Alice, um Hilfe. Die Suche nach dem wahren Täter führt Alice und ihre Mitarbeiter nicht nur zurück in den „Sommer der Liebe“, sondern auch in eine geheimnisvolle und lebensgefährliche Welt aus Tausendundeinem Albtraum.

Blogbuch

Snowbirds – Mein Winter in Florida

Welcome to Paradise: Millionen Menschen träumen davon, den Winter in Florida zu verbringen. „Später mal", das versprach sich auch Nika Lubitsch jedes Mal, wenn sie aus dem Urlaub zurückkehrte. Jetzt hat sie ihren Traum vom Überwintern im Sunshine State wahr gemacht und festgestellt, dass dort nicht nur Orangen blühen sondern auch Zitronen wachsen. In ihrer unverwechselbar schnodderigen Art hat die Berliner Bestsellerautorin ihre Erlebnisse gebloggt, in der Nachschau kommentiert und mit Tipps für Snowbirds versehen. Herausgekommen ist ein erfrischend anderer Führer durch den floridianischen Winter: Florida für Fortgeschrittene.

Social-Fiction-Thriller

Alligator Valley – Krokodile weinen nicht

Ein 13-Jähriger wird in einem Krankenhaus in Berlin gekidnappt. Im Golf von Mexiko wird ein Casinoschiff entführt. Beide Verbrechen haben das gleiche Ziel: Die Operation von alten Menschen soll erzwungen werden.

»Alligator Valley – Krokodile weinen nicht« führt den Leser ausgehend von den sechziger Jahren des vorigen Jahrhunderts in das Jahr 2053, dessen Realität uns näher ist, als wir denken. Nach einem Cyber-Krieg ist die Welt aus den Fugen geraten. Damit die Jungen genug zum Leben haben, werden Menschen über 75 Jahren nicht mehr ärztlich betreut. Alte, die es sich leisten können, kaufen sich in die Alligatorenstaaten ein. Diese Altenrepubliken sind nach dem Alligator benannt, der doppelt so alt wird wie jedes andere Krokodil.

Der 13-jährige Urs und seine Familie in Berlin sowie die TV-Frau Alice und ihre Freunde im »Alligator Valley« sind die Helden dieses Social-Fiction-Thrillers. Als durch einen rätselhaften Zwischenfall alle Satellitenverbindungen rund um den Globus zusammenbrechen, steht die Welt vor dem Kollaps, auf den sie seit Jahren hintaumelt.

Nur in den Alligatorenstaaten haben die Menschen damit kein Problem, denn die Alten haben die Technik und das Know-how von gestern. Ausgerechnet die ausgemusterten Alten könnten jetzt die Jungen retten. Aber wollen sie es auch?

Kurzgeschichten

Strandglut – 27 Short(s) Stories

Eine Weltreise für die Badetasche: Besuchen Sie eine mörderische Familie auf einer Südstaatenfarm oder Istanbul mit einem Berliner Gemüsehändler, stimmen Sie ein in den New York City Blues oder bangen Sie mit der Braut in Las Vegas. Besuchen Sie das Everl auf der Alm oder fliegen Sie mit einer Klatschreporterin in die aufgehende Sonne. Verlieren Sie Ihr Herz in Disney World und erleben Sie einen Sonnenuntergang in Acapulco. Die Daheimgebliebenen finden den Mörder von Adele und das Geheimnis des Brühwürfels, Sie gehen auf einen nächtlichen Raubzug in Berlin und zeigen einem Callboy, wie Mann es richtig macht. 27 hinterhältige Short Stories, mal romantisch, mal spannend, aber immer mit einem überraschenden Ende. Coole Geschichten für heiße Tage.

Inhaltsverzeichnis

Prolog 5
Vor Gericht 7
Das Urteil 11
Der erste Prozesstag 15
Im Krankenhaus 18
Die Aussage 22
Nach der Operation 25
Die Befragung 29
Wieder zu Hause 32
Tränen vor Gericht 36
Der Zopf muss ab 39
Der Doppelmord 43
Die erste Chemotherapie 46
Der zweite Prozesstag 51
Haarausfall 54
Der Rechtsmediziner 57
Die Fingernägel fallen 60
Erdrückende Beweislast 64
Der Auszug 66

Die Strahlentherapie 74
Nacht der Entscheidung 81
Die Amazonen 89
Recherche und Bouletten 91
Auf dem Dachboden 98
Der dritte Prozesstag 103
Nachforschungen 106
Die Waffenspur 109
Schreck im Buchladen 111
Schießübungen 113
Auf der Pirsch 116
Die Observierung 120
Verfolgung 122
Das Internet-Café 125
Der erste Mord 131
Der vierte Prozesstag 140
In Panik 143
Indizienbeseitigung 146
Zusammentreffen 149
Nächtliche Missgeburten 153
Der fünfte Prozesstag 157
Verfolgungswahn 164
Die Ruhe vor dem Sturm 171

Die 7. Mordkommission 175
Simone 179
Tobias Munich 182
Wut 188
Der Scheidungsanwalt 192
Der Plan 196
Marie Becker 198
Wegener 205
Spinnweben 209
Die 4. Mordkommission 212
Das Netz zieht sich zu 217
Die Plädoyers 226
Das Urteil 228

Printed in Germany
by Amazon Distribution
GmbH, Leipzig

20011792R00141